उपन्यास

उपन्यास

भारती गौड़

जाह्नवी (उपन्यास)
© भारती गौड़

मूल्य भारत में : ₹ 120
मूल्य विदेश में : $ 8

प्रकाशक   : **रेडग्रैब बुक्स**
                 942, मुठ्ठीगंज, इलाहाबाद-3 उत्तर प्रदेश, भारत
                 वेबसाइट-www.redgrabbooks.com
                 ईमेल-contact@redgrabbooks.com

संस्करण   : प्रथम, मई 2018
ISBN   : 978-93-87390-36-2
आवरण   : कपिल भारद्वाज, गुरुग्राम
टाइप सेटिंग   : श्री कम्प्यूटर्स, इलाहाबाद
मुद्रक   : रेप्रो नॉलेजकास्ट लि, भारत

समर्पण

माँ-पापा, बहन, जीवनसाथी अंशुमन
एवम् कृष्ण से सखा अजीत भारती जी को।

दूसरे संस्करण के लिये

जाह्नवी के दूसरे संस्करण की भूमिका के रूप में मैं यही कहना चाहती हूँ कि 2014 में प्रकाशित यह उपन्यास, कुछ कारणों से पाठकों तक नहीं पहुँच पाया था, परन्तु रेडग्रैब बुक्स के प्रयासों की बदौलत ये उपन्यास अब आप सभी के समक्ष अपने नए कलेवर के साथ प्रस्तुत है; मैं इसे बड़े प्यार के साथ आप सभी के समक्ष रखती हूँ। जाह्नवी का सफ़र आप सबको भी मुबारक हो। इसे आप सभी के हाथों में सौंपते वक़्त मैं अपने गुरु जी स्वर्गीय श्रीमान प्रीतम प्रसाद शर्मा जी को याद कर रही हूँ, जिनके आशीर्वाद से ही इस उपन्यास को लिखना संभव हो पाया था।

– भारती गौड़

पूर्व-पीठिका

हिन्दी साहित्य की लोकप्रिय विधा के रूप में उपन्यास को स्वीकार किया गया है। किसी महत् उद्देश्य को लेकर उपयुक्त पात्र-विधान और कथ्य संयोजना के साथ कथात्मक और लालित्यपूर्ण शैली का समावेश करते हुए जो रचना विधान किया जाय, उसे उपन्यास की अभिधा प्रदान की गई है। इसी आधार पर उपन्यास के अनेक भेद किये गए; सामाजिक उपन्यास, ऐतिहासिक उपन्यास, मनोवैज्ञानिक उपन्यास आदि। उपन्यास साहित्य की सुदीर्घ परम्परा रही है। हिन्दी उपन्यास साहित्य के विशद् और व्यापक स्वरूप को देखकर यह कहा जा सकता है कि हिन्दी उपन्यास का भविष्य स्वर्णिम है।

विगत् दशकों में महिला उपन्यासकारों ने अपने लेखन के माध्यम से न केवल साहित्य की श्रीवृद्धि की है, वरन् कथावस्तु में नव्यता और भव्यता का समावेश कर अपनी पहचान क़ायम करते हुए पर्याप्त यशार्जन भी किया है। शिवानी, अलका सरावगी, कृष्णा सोबती, रजनी पनिकर, मृदुला गर्ग, मैत्रेयी पुष्पा, मन्नू भण्डारी आदि ऐसे अनेक नाम हैं, जिनके बिना उपन्यास की कोई भी चर्चा पूर्ण नहीं होती। नवोदित उपन्यासकारों में करुणाश्री का भी नाम लिया जा सकता है। ऐसी ही नामावली में एक नाम और है, जो साहित्य के द्वार पर दस्तक देने का प्रयास कर रहा है और वह नाम है - भारती गौड़ का। भारती ने अनेक कविताएँ और कहानियाँ लिखी हैं; 'जाह्नवी' उनकी प्रथम औपन्यासिक कृति है।

जाह्नवी का कथानक, आस-पास के परिवेश से ही गुँथा हुआ है। महत्त्वाकांक्षा और ललक, देर से ही सही, व्यक्ति को उसके लक्ष्य तक पहुँचाती अवश्य है; आवश्यकता है धैर्य और संकल्प की, दृढ़ता और आत्मविश्वास की। भारती की 'जाह्नवी' मानती है - *'आँख में स्वर्ग लेकिन पाँव धरती पर टिके हों।'* (बच्चन)

जाह्नवी मानती है कि स्वप्न कभी नहीं मरते; हर व्यक्ति को स्वप्न देखने का अधिकार है और उन्हें यथार्थ में बदलने की आत्मशक्ति भी उसके

पास है; जरूरत इस बात की है कि हम पूरी शक्ति के साथ अपने सपनों को साकार करने में जुट जाएँ।

'जाह्नवी' की कथावस्तु सामाजिक है। अनिकेत और जाह्नवी, पति-पत्नी हैं। जाह्नवी की लेखन में रुचि है। वह समाज को अपने ढंग से बदलना चाहती है। सत्य तक पहुँचने की उसकी साधना में मुश्किलें भी आती हैं, लेकिन एक-एक करके वह अपनी समस्याओं का निदान करती हुई, विजय तोरण बाँधती चली जाती है। सम्पूर्ण कथासूत्र, जाह्नवी के चतुर्दिक परिभ्रमण करते हैं।

मरने से पहले ही मर जाना बहुत दर्दनाक और भयावह होता है; यह सूक्ति, मनुष्य मात्र के जीवन से जुड़ी हुई है। निराशा के घोर तम को चीरती हुई लेखिका, जीवन को सकारात्मक ऊर्जा से भर देती है। ऐसी एक नहीं, अनेक मंत्रसिद्ध शक्तियाँ हैं, जो रचना को अलंकृत और विभूषित करती हैं। यथा-

"ख़्वाब हर इंसान देखता है। कुछ के ख़्वाब निहायत ही छोटे होते हैं... इतने छोटे कि उन्हें ख़्वाब न कहकर, ज़रूरत कह दिया जाए तब भी कुछ ग़लत नहीं होगा।"

"हर मनुष्य का पृथ्वी पर रहने का कोई अर्थ होता है, उद्देश्य होता है।"

"इंसान की जिन्दगी में ख़्वाब देखने से ज़्यादा महत्त्वपूर्ण है उन ख़्वाबों को पूर्ण करने का अटूट संकल्प... एक जज़्बा, जो इंसान के ख़्वाबों को पर लगा के स्वच्छंद वातावरण में उड़ा सके। हाँ, ये होता भी है... दुनिया में वह सब है, जो आप चाहते भी हैं, बस आप में क़ाबिलियत होनी चाहिए।"

"आध्यात्मिक व्यक्ति, जरूरी नहीं कि धार्मिक हो, किन्तु धार्मिक व्यक्ति धर्म की राह पर चलते-चलते अनायास ही आध्यात्मिक हो जाता है।"

"जहाँ आस्था नहीं, वहाँ तो महज़ आकर्षण हो सकता है, प्रेम नहीं... और ख़्वाबों की जहाँ बात है, वहाँ आकर्षण नहीं, आस्था की ज़रूरत है

और यह लाज़िमी भी है।''

''अपने हक़ के लिए लड़ना, विद्रोह नहीं सजगता है।''

कहना यह है कि लेखिका ने अपने पात्रों के माध्यम से जीवन को बहुआयामी रूप में देखा और विश्लेषित किया है; वर्तमान की अनेक विसंगतियों. जैसे-अंतर्जातीय विवाह, विधवा-विवाह, पूर्वजों की अवज्ञा और उपेक्षा आदि को अत्यंत सहज और प्रभावी ढंग से प्रस्तुत किया है। सबसे बड़ी बात है 'जीवन को उत्साह और उमंग के साथ जीना', जो इस रचना का प्राण तत्व है, बख़ूबी अभिव्यक्त हुआ है। भारती जी किसी समस्या को अधर में नहीं छोड़तीं, बल्कि उसकी तह में पहुँचकर उस समस्या का निदान भी प्रस्तुत करती हैं। यह सकारात्मक सोच ही इस रचना की प्राणवायु है।

जहाँ तक जाह्नवी के काव्यरूप का निर्धारण है, यह उपन्यास की अपेक्षा लम्बी कहानी अधिक प्रतीत होती है। कमलेश्वर की 'खोई हुई दिशाएँ' और निर्मल वर्मा की 'परिन्दे' जैसी झलक, जाह्नवी में दिखाई देती है, जो प्रशंसनीय है।

भाषा में सहज प्रवाह है, जो पाठक को आत्मसात् करने में समर्थ है। पाठक के मन में कौतूहल बना रहता है, कथा के प्रति जिज्ञासा भाव बना रहता है... यह भाषा के सरल सुगुम्फन का ही प्रभाव है। भाषा, विचारों की अनुवर्तिनी है।

कुल मिलाकर जाह्नवी एक सफल, सोद्देश्य और प्रभावी कृति है। कृतिकार भारती गौड़ की जितनी प्रशंसा की जाए, कम है। उन्हें इस प्रथम कृति के लिए अंतस से अनेकशः मंगलकामनाएँ सम्प्रेषित करते हुए रचना की सफलता और सिद्धि की कामना करता हूँ; साथ ही उनकी लेखनी के उत्तरोत्तर विकास की अनेक संभावनाओं के लिए कोटिशः सद्कामनाएँ व्यक्त करता हूँ। इति शुभम् ।

गणेश चतुर्थी
जयपुर
प्रीतम प्रसाद शर्मा
मो. : 9214055880

महान दार्शनिक प्लेटो का कथन - 'दयालु बनो; हर कोई, जिससे तुम मिलते हो, वो पहले से ही एक कठिन लड़ाई लड़ रहा है।'

एक मज़ाक़िया अंदाज में जाह्नवी ने अनिकेत से कहा। रोज़ रात को सोने से पहले वह यही करती थी। एक सुविचार के साथ सोने से सुबह भी उतनी ही अच्छी होती है, मानना था जाह्नवी का।

''हाँ ठीक है, लेकिन अभी इस सुविचार का कोई खास प्रयोजन?''

''अच्छे विचारों या महान व्यक्तियों को याद करने का भी कोई खास प्रयोजन होता है क्या... ज़रूरी तो नहीं।''

''अरे भाई, तुम्हारी आदत है न, विशेष परिस्थितियों के वक्त कोई न कोई उदाहरण दे ही देती हो, बस इसलिए पूछ बैठा।''

''हाँ, तो सुनो! आज आफिस में किसी ऐसे शख्स ने मदद माँगी, जिससे कि मुझे कोई ख़ास लगाव नहीं, फिर भी न जाने क्या सोचकर उसने मदद माँगने के लिए मुझे चुना, जबकि मेरी उसके प्रति उदासीनता से वो भली-भाँति परिचित भी है... अब बताओ अनि, मुझे क्या करना चाहिए?

''ये तो तुम्हारे स्वविवेक का मामला है; तुम ही तो कहती हो न, कि कुछ फैसले नितान्त निजी होते हैं, दूसरों के हस्तक्षेप के लिए उनमें कोई जगह नहीं होनी चाहिए।''

''अरे हाँ बाबा, वही तो; मैं तो बस तुम्हारे सवाल का जवाब दे रही थी कि मैंने इस वक्त यह सुविचार क्यों याद किया।''

हँसने लगे दोनों। जाह्नवी को हँसी भरे वातावरण में, रात्रि के आग़ोश में जाना भाता था।

जाह्नवी नींद से जागी भी नहीं थी कि मोबाइल बज उठा। घर की बाई का फोन था, ''आज नहीं आऊँगी, बारिश आ रही है।'' पहले ग़ुस्सा, फिर हँसी। जाह्नवी, बाई के इस फैसले पर अक्सर यही प्रतिक्रिया दे पाती थी। वैसे यह बाई का रोज़ का ही काम था, नहीं आने का फैसला सुनाने का।

ख़ैर बारिश हो, सर्दी हो या गर्मी; जाह्नवी को तो ऑफिस जाना ही है, वो बाई की तरह फोन पर फैसले जो नहीं सुना सकती थी। घर के काम की चिन्ता तो जाह्नवी को यूँ भी कभी नहीं हुई... उसका पूरा-पूरा हाथ बँटाने के लिए अनिकेत जो हमेशा मौजूद रहते हैं।

अनिकेत, कॉफी का कप पकड़ाकर कहने लगे, ''आज बहुत सर्दी है।'' जाह्नवी को हँसी आ गयी। अनिकेत को सर्दी से ज़रा ज़्यादा ही परेशानी है।

''आज मैं ऑफिस नहीं जाऊँगा।''

''आप तो सर्दियों में रोज़ ही यही कहते हो।''

''नहीं, आज मुझे बैंक का कुछ काम है।''

''बैंक का क्या काम है?''

''शाम को बताता हूँ।''

''बस यही कमी है आपमें; कुछ भी पूछूँ, तो बस बाद में बताता हूँ; आख़िर आप मुझे कुछ बताते क्यों नहीं हो?'' इसी चिर परिचित मीठी

नोंक-झोंक के साथ अनिकेत ने जाह्नवी को ऑफिस तक छोड़ा और अपने काम पर निकल गये।

पिछले कुछ दिनों से जाह्नवी को अतीत में चले जाने में ज़रा भी वक्त नहीं लग रहा था। कुछ तो था, जो उसे निराशा में ढकेल रहा था। हालाँकि अनिकेत की तरफ़ से हर तरह का सुख था। वह अनिकेत को दुनिया का सबसे अच्छा पति समझती थी। फिर क्या था जो उसे परेशान कर रहा था। ऑफिस के कामों से निवृत्त होकर शाम को घर पहुँचते वक्त जाह्नवी ने अनिकेत से कुछ भी बात नहीं की। अनिकेत की भी आदत है, वो बाइक चलाते वक्त गाना गाने में व्यस्त हो जाते हैं... जाह्नवी को भी अनिकेत का यूँ गुनगुनाते रहना बड़ा भाता है।

यूँ भी अनिकेत की डिम्पल वाली मुस्कराहट, बहुत ऊर्जा भर देती है जाह्नवी के मन में।

जाह्नवी शुरू से ही पढ़ाई में होशियार रही है; हर कक्षा में टॉप किया है, बहुत से सर्टिफिकेट मिले हैं; वह चाहे तो कुछ भी कर सकती है, किन्तु आजकल वह उदास रहती है। उसे बस हर वक्त यही लगता है कि वह जो बनना चाहती है, जो करना चाहती है, नहीं कर पा रही है।

वह यह भी जानती है कि उसका नौकरी करना कितना ज़रूरी है। अनिकेत की आय, घर चलाने के लिए नाकाफी है। अनिकेत के साथ सात साल कैसे गुज़र गए, पता ही नहीं चला। सब कुछ अच्छा है, फिर भी यह लगता है कि जाह्नवी जो कहना चाहती है, वो अनिकेत सुन नहीं पाते, समझ नहीं पाते। वह कई बार कोशिश कर चुकी है। शायद उसके समझाने में ही कोई कमी है या अनिकेत के समझने में। पता नहीं क्यों, जाह्नवी को अनिकेत पर इल्ज़ाम लगाना कभी पसंद नहीं आया... वह सारी कमियाँ ख़ुद में ही ढूँढ़ती है।

अनिकेत को छोड़कर बाकी के सारे रिश्तेदार शुरू से ही जाह्नवी के ख़िलाफ़ रहे हैं। कारण तो शायद उन सबको भी नहीं पता... शायद कोई यह नहीं चाहता कि वो तरक़्क़ी करे। क्या ख़ुद के घर का सपना देखना ग़लत है? क्या ख़ुश रहना ग़लत है? क्या सच कहना या अन्याय के

ख़िलाफ़ आवाज़ उठाना ग़लत है? अगर ये सब ग़लत है, तो जाह्नवी भी ग़लत है।

''अनि! तुम्हारे घरवालों को मेरी हर बात ग़लत क्यों लगती है? आख़िर वो मुझे और मेरे जज़्बात को समझते क्यों नहीं हैं...!''

''ओफ्फो! हो, मैं तुम्हें समझता हूँ न, फिर किसी और के समझने न समझने से क्या फ़र्क़ पड़ता है?''

''फ़र्क़ पड़ता है।''

''क्या फ़र्क़ पड़ता है .... तुम्हारी ज़िन्दगी मुझसे जुड़ी है, उनसे नहीं।''

'अच्छा।'

'हाँ।'

''यह उनका स्वभाव है जाह्नवी, जिसे मैं नहीं बदल सकता; तुम्हें इन बातों पर ध्यान देने की ज़रूरत ही क्या है, मैं हूँ न।''

बस, अनिकेत का यही रटा-रटाया जवाब जाह्नवी को चुप कर देता है। जाह्नवी को पता है, उसका ये आदर्शवाद, आज की दुनिया के मुताबिक़ नहीं है और इसी फेर में वह हमेशा ग़लत समझ ली जाती है।

जाह्नवी के अपने कुछ सपने हैं, जिन्हें वह अनिकेत के साथ, अनिकेत के लिए पूरा करना चाहती है।

बचपन से ही जाह्नवी बहुत आध्यात्मिक किस्म की रही है। उसे जब भी परेशानी होती है, वह सीधे भगवान से वार्तालाप करना शुरू कर देती है। कभी-कभी वह अचानक ही ऊर्जा से लबरेज़ हो उठती है; दूसरे ही पल एकदम निराशावादी। उसे यह भी पता है कि ब्रह्माण्ड में सकारात्मक ऊर्जा की कोई कमी नहीं है, हमारे विचार ही हमारे परिणामों को प्रभावित करते हैं।

''खाने में क्या बनाना है? बाई कब से पूछ रही है जाह्नवी... कहाँ

खोई हो; कुछ परेशान लग रही हो... सब ठीक!''

''हाँ, तुम्हारी जो इच्छा हो बनवा लेना।''

''कॉफी पियोगी? अदरक वाली!''

अनिकेत को पता है, जाह्नवी का बिगड़ा मूड, अदरक वाली कॉफी से ठीक हो सकता है।

अनिकेत, कॉफी का कप पकड़ाकर टी.वी. देखने चले गये।

जाह्नवी फिर वही ख़यालों की दुनिया में।

जाह्नवी एक ख़ूबसूरत घर की कल्पना करती है, जहाँ एक छोटा-सा ख़ूबसूरत-सा लाल गुलाबों से भरा बग़ीचा होगा, गुलमोहर का एक वृक्ष होगा। 'विंड चिम्स' की खनखनाती आवाज़ से उसका बैठक-कक्ष मुस्करा कर हर मेहमान का स्वागत करेगा। एक ऐसा घर, जहाँ खिड़कियों से हवा और सूर्य दोनों का आगमन होता हो। अनिकेत शायद इस सपने को समझते हैं, लेकिन जाह्नवी से इस पर चर्चा नहीं करते; ये जाह्नवी के लिए रहस्य है। सामने शेल्फ में एक किताब बार-बार जाह्नवी का ध्यान खींच रही थी... 'रहस्य'... रॉन्डा बर्न की।

बहुत सुना है इस किताब के बारे में; जैसा आप सोचते हैं, वही होता चला जाता है। अच्छी किताब है और सच भी है, ऐसा होता भी है। लेकिन क्या मानसिक अशान्ति के साथ लगातार, सकारात्मक सोच से लबरेज़ रहा जा सकता है?

कुछ लोग हर हाल में हर परिस्थिति में संतुष्ट कैसे रह सकते हैं, इससे कभी-कभी जाह्नवी को जलन भी होती थी। जाह्नवी भी चाहती है कि वह बिना किसी वजह के ख़ुश रहे, बिना वजह खिलखिलाकर हँस दे... और भी बहुत कुछ। सपनों को मारकर जीना भी कोई जीना है। कितनी देर लगती है आखिर नकारात्मक विचारों के, सकारात्मक विचारों में बदलने में।

साँसों के अनवरत आवागमन में इंसान कहाँ जान पाता है कि कौन सी साँस अच्छी है और कौन सी बुरी? बस पलक झपकते ही सब कुछ घटित

होता रहता है, जो मनुष्य के नियंत्रण में नहीं है; तो फिर मनुष्य के नियंत्रण में क्या है।

जाह्नवी की कभी-कभी गहन चिंतन में डूब जाने की पुरानी आदत है और फिर चिंतन कोई बुरी चीज़ भी तो नहीं। एक चिंतन ही ऐसी विशेषता है, जो मनुष्य को पशु ज़ात से अलग करती है। मैं आज अनिकेत से बात करूँगी; उन्हें समझाऊँगी कि मेरे सपनों में ऐसी कोई असामान्यता नहीं, जिन्हें पूरा करने में वे मेरी मदद न कर पायें। अनि को समझना ही होगा, जैसे मैं उन्हें समझती हूँ। इस ऊहापोह की स्थिति में अब और नहीं रहा जा सकता। सपनों के साथ जीना कोई अपराध तो नहीं। दैनिक जीवन की आवश्यकताओं की पूर्ति तो पशुओं की भी हो जाती है; भगवान ने मानव जीवन दिया है तो कुछ तो सबब होगा।

हर मनुष्य के पृथ्वी पर रहने का कोई अर्थ होता है, उद्देश्य होता है; मेरा भी है, अनिकेत का भी है। अनिकेत, अधिकतर तनावमुक्त रहते हैं। उन्हें टी.वी. देखने का शौक़ है। जाह्नवी के शौक़ अनिकेत से सर्वथा भिन्न हैं, किन्तु इससे कोई फ़र्क़ नहीं पड़ता। जो एक चीज़ शादीशुदा ज़िन्दगी को बनाये रखती है, वह है प्यार... आपसी सम्मान। अनिकेत और जाह्नवी में एक-दूसरे का सम्मान करने की हिम्मत भी है और जज़्बा भी, जो कि अधिकतर लोगों में नहीं होता। अनिकेत को लेकर ऐसी कोई बात नहीं है, जिसे सोचकर जाह्नवी को दुःख होता हो या शिकायत रहती हो। वो अनिकेत को सदा ही एक संपूर्ण आदमी के रूप में पाती है। बस, बात जहाँ जाह्नवी के सपनों की आती है, वह उलझ जाती है। उसे लगता है उसके सपनों में कुछ कमी है... शायद संकल्प की, शायद एकाग्रता की या शायद हिम्मत की...

ख़्वाब हर इंसान देखता है। कुछ के ख़्वाब निहायत ही छोटे होते हैं... इतने छोटे, कि ख़्वाब न कहकर ज़रूरत भी कह दिया जाए, तब भी कुछ ग़लत न होगा।

इंसान की ज़िन्दगी में ख़्वाब देखने से ज़्यादा महत्त्वपूर्ण है, उन ख़्वाबों को हर हाल में पूरा करने का अटूट संकल्प... एक जज़्बा, जो इन्सान के

ख़्वाबों को पर लगा के स्वच्छन्द वातावरण में उड़ा सके। हाँ, ये होता भी है। दुनिया में वो सब कुछ है, जो आप चाहते हो; बस आप में क़ाबिलियत होनी चाहिए।

सकल पदारथ है जग माहीं,

करमहीन नर पावत नाहीं।।

जाह्नवी की ख़ूबी है, उसे जिस धारा में बहने को कहो, बहती चली जाती है। वो ख़्वाबों की दुनिया में रहते हुए भी यथार्थ में ही रहती है। वैसे तो अधिकतर उसके ख़्वाबों की तन्द्रा को अनिकेत ही तोड़ते हुए उसे यथार्थ में ले आते हैं, लेकिन आज ये काम निहारिका के फोन ने किया।

“हैलो... जाह्नवी!”

“हाँ... निहारिका... ?” जाह्नवी ने असमंजस की स्थिति में पूछा।

“हाँ जाह्नवी, कैसी हो... मैं तुमसे मिलना चाहती हूँ।”

“तुम यहाँ हो निहारिका! कब आई? कैसी हो? मुझे बताया क्यों नहीं!” लगभग आश्चर्य और फिर ग़ुस्से में जाह्नवी ने सवालों की झड़ी लगा दी।

“अरे बाबा, बताती हूँ, बताती हूँ... तुम तो बिल्कुल भी नहीं बदली यार... वही एकदम से ग़ुस्सा।”

“अच्छा, कॉफी हाउस में मिलते हैं आज शाम पाँच बजे; मैं वहीं तुम्हारा इंतज़ार करूँगी... मिलते हैं शाम को।”

जाह्नवी को समझ नहीं आ रहा था कि निहारिका यूँ अचानक फिर माउंट कैसे आ गयी... वो तो कहकर गयी थी कि वो यहाँ फिर कभी नहीं आयेगी। अब तो सगाई भी हो चुकी है; कुछ समझ नहीं आ रहा... अब ये गुत्थी निहारिका से मिलकर ही सुलझेगी।

आज ऑफिस पहुँचते ही जाह्नवी ने बॉस से कह दिया था कि आज वो जल्दी जाएगी।

'निहारिका' नाम मन में आते ही थोड़ा ग़ुस्सा, थोड़ा आश्चर्य और फिर कहीं न कहीं अपार ख़ुशी। निहारिका के साथ कॉफी पीना तो जैसे जाह्नवी की दिनचर्या का एक अभिन्न अंग बन गया था। दोनों को ही एक-दूसरे का साथ बहुत अच्छा लगता था। जाह्नवी तो अधिकतर सुनने का ही काम करती थी; बोलने का काम निहारिका का होता था। उसके मुँह से हर बात अच्छी लगती थी। बहुत ही ख़ुशमिज़ाज और दूसरों को ख़ुशियाँ बाँटने वाली लड़की। जब भी जाह्नवी, निहारिका से मिलती, उसे बहुत ऊर्जा मिलती थी। जाह्नवी ने निहारिका से बहुत कुछ सीखा है... कैसे छोटी-छोटी चीज़ों से भी ख़ुश रहा जा सकता है। दरअसल निहारिका, ज़िन्दगी को सही मायनों में जीने वाली साफ़ दिल इंसान है।

फिर ऐसा क्या हुआ था कि जाह्नवी, निहारिका से दूर चली गयी। ऐसा बहुत बार हुआ था, कि जब भी निहारिका का ज़िक्र छिड़ता, अनिकेत, जाह्नवी से बहुत कुछ पूछते-पूछते रह जाते। जाह्नवी के अलावा अनिकेत ही हैं, जो उन दोनों की गहरी दोस्ती को जानते व समझते थे। अनिकेत क्या, जाह्नवी भी निहारिका के यूँ अचानक चले जाने के बाद समझ ही नहीं पायी कि आख़िर उन दोनों के बीच में ये दूरियाँ आईं कैसे?

टेबल पर रखी फाइलें, बचा हुआ काम... मशीन सी यंत्रवत् अपने काम निपटाने वाली जाह्नवी को आज कुछ दिख ही कहाँ रहा था। आज तो बस जाह्नवी को इस सवाल का जवाब चाहिए था कि आख़िर निहारिका वापस क्यों आयी है। उसकी निगाहें तो बस घड़ी पर लगी थीं। पाँच बजने में अभी भी पन्द्रह मिनट बाक़ी थे।

विनोद ने पूछा, ''मैडम, कॉफी ले आऊँ?''

''नहीं विनोद, आज कॉफी नहीं।''

''मैडम, आपकी तबियत तो ठीक है न!''

''हाँ, क्यों?'' जाह्नवी ने फाइल में ही नज़रें रखते हुए हल्की सी मुस्कराहट के साथ पूछा, हालाँकि वह जानती थी कि विनोद ऐसा क्यों पूछ रहा है।

‘‘नहीं; बस वो आप रोज़ इसी वक्त कॉफी पीती है और आज नहीं... तो बस यूँ ही पूछ लिया।’’

विनोद का आश्चर्य खत्म न होते देख जाह्नवी ने ही स्पष्ट किया, ‘‘आज मुझे कहीं जाना है... ज़रा जल्दी में हूँ, इसलिए।’’

जाह्नवी ने देखा, पाँच बज चुके थे। अपनी आदतानुसार हर जगह वक्त पर पहुँचने की पाबंद होने के नाते अपना बैग उठाया और अंकित, जो कि सहकर्मी है, को कुछ काम समझाते हुए जाह्नवी, कॉफी हाउस की तरफ़ चल पड़ी।

निहारिका के चले जाने के बाद जाह्नवी, उस ’कॉफी हाउस’ में भूलकर भी नहीं गयी थी। वजह साफ थी... वहाँ निहारिका के साथ बिताया हुआ वक्त था और कुछ भी नहीं। कॉफी हाउस पहुँचने के बाद देखा, वहाँ निहारिका नहीं थी... जाह्नवी को हँसी आ गयी; निहारिका आज भी नहीं बदली, हमेशा की तरह लेट।

थोड़ी देर इंतज़ार के बाद निहारिका आयी; वैसे ही, जैसे पहले आती थी... हँसती, खिलखिलाती, उज्ज्वल चाँदनी-सी, हर तरफ ख़ूबसूरती बिखेरती हुई।

आते ही गले लग गयी।

‘‘जाह्नवी, कैसी हो?’’

‘‘अच्छी हूँ, तुम कैसी हो?’’

‘‘एकदम बढ़िया... कैसी दिखती हूँ...’’

कुछ भी तो नहीं बदला था; वही चिरपरिचत अंदाज़, वही मुस्कान, वही ढंग और वही ऊर्जा से भरपूर व्यक्तित्व।

निहारिका ने जाह्नवी से ना पूछते हुए, सीधे ऑर्डर दे दिया।

वन कोल्ड कॉफी एण्ड वन हॉट कॉफी, विद एक्स्ट्रा सुगर। उसे पता था, जाह्नवी किसी भी मूड में हो, हॉट कॉफी ही लेगी। जाह्नवी, थोड़ी

औपचारिक थी... उसे समझ नहीं आ रहा था कि क्या करे, क्या पूछे।

उसने चाहा, जितना भी ग़ुस्सा है, बस उतार दे निहारिका पर; परन्तु कुछ था जो उसे रोक रहा था। उसने ग़ौर किया कि सब कुछ पहले जैसा ही है... वही कॉफी, वही कॉफी हाउस, वहाँ रखे बेतरतीब नॉवेल, ऑर्डर लेते वेटर, वही अजीब सा इन्टीरियर... लेकिन ये क्या, निहारिका की बेपरवाह हँसी की जगह ये नपी-तुली हँसी। बातें तो दोनों के बीच में अब भी हो रही थीं, लेकिन निहारिका की अप्रत्यक्ष उदासी की वजह!

"समर्थ कैसा है?"

"मेरी सगाई टूट चुकी है।"

कॉफी का कप नीचे रखते हुए जाह्नवी ने घबराहट के साथ निहारिका की तरफ़ देखा। वो बिल्कुल सामान्य थी... या बिल्कुल असामान्य।

"क्या...! लेकिन कब? कैसे? मुझे बताना भी ज़रूरी नहीं समझा।"

"मैंने सोचा, मिलकर बताऊँगी, इसलिए औरों को भी बताने से मैंने ही मना कर दिया था।"

"लेकिन क्यों?"

"पता नहीं... शायद मैं उसे पसन्द नहीं आयी।"

"क्या मतलब?"

"अरे बाबा, उसे कोई और पसन्द था।"

"तो सगाई क्यों की...पहले नहीं सोचा क्या!"

"ओफ्फो! छोड़ो भी उसे; तुम बताओ, अनिकेत कैसे हैं?"

"वो एकदम ठीक हैं; तुम्हें याद करते रहते हैं।"

"हाँ, तो हूँ ही इतनी अच्छी।" कहकर खिलखिलाकर हँस पड़ी निहारिका।

निहारिका, अनिकेत को अपना भाई मानती थी, शुरू से ही। जाह्नवी क्या कहे, उसे कुछ समझ ही नहीं आ रहा था। वह तो बस किंकर्तव्यविमूढ़ सी निहारिका को अपलक निहारे जा रही थी। उसने कभी भी नहीं सोचा था कि उसका देखा हुआ सपना, सच हो जाएगा। उसे इन सपनों से ही डर लगने लगा था। कहते हैं, जब आप किसी के बहुत क़रीब होते हो, तो उसके साथ घटित होने वाली परिस्थितियों का आपको पहले से ही अंदेशा हो जाता है; इसे शायद टेलीपैथी कहते हैं।

जाह्नवी को नहीं पता, निहारिका उसे क्या कहे जा रही थी; उसका ध्यान तो उन गुज़रे हुए लम्हों में लगा था, जिन लम्हों में निहारिका ये कह गयी थी... मेरी सगाई टूट गयी है।

कभी-कभी क्यों मन, जानी हुई चीज़ों से भी अंजान बना रहना चाहता है; क्यों ऐसा लगता है कि काश जो भी सुना है वह ग़लत हो, सपना हो। जाह्नवी को पता था, निहारिका उसके सामने नहीं रोएगी। वो अन्दर से इतनी मज़बूत भी नहीं, जितना कि स्वयं को दिखाती थी।

जीवन, एक तार पर नहीं चलता; समरेखा पर उम्र नहीं गुज़ारी जा सकती। जीवन की गाड़ी, साँसों की पटरी पर सरपट दौड़ती है; बिना कुछ पूछे, बिना किसी का इंतज़ार किये।

निहारिका से फिर मिलने का वादा कर, जाह्नवी घर पहुँच चुकी थी। आते ही सबसे पहले अनिकेत को सब कुछ बताया। अनिकेत का निहारिका के प्रति लगाव है, ये जानती थी जाह्नवी। दोनों चुप से हो गये। जो पहले से ही ईश्वर द्वारा रचा जा चुका है, उसे बदलना, इंसान के बस की बात नहीं है। जब आप हालात को स्वीकार कर लेते हैं तो ज़िन्दगी आसान बन जाती है। शायद निहारिका ने भी ये चीज़ स्वीकार कर ली हो; लेकिन ऐसे अच्छे इन्सानों के साथ बिना वजह बुरा आखिर होता क्यों है ?

पूरी रात इसी चिन्तन में गुज़र गयी। कहते हैं सर्दी में रातें लम्बी होती हैं, किन्तु जाह्नवी को तो ऐसा कभी नहीं लगा। सुबह आँख खुलते ही गुलाबों की भीनी-भीनी सुगंध से बेडरूम महक रहा था। जाह्नवी कुछ कहती, इससे पहले ही फोन की घंटी बज उठी।

''हैलो माँ! शादी की सालगिरह बहुत-बहुत मुबारक हो।

समीर का फोन था। यूँ तो समीर, जाह्नवी का छोटा भाई है, लेकिन जाह्नवी को वो अपनी माँ ही समझता आया है।

''थैंक्यू बेटा।'' कहकर जाह्नवी ने फोन रख दिया।

सामने अनिकेत खड़े मुस्करा रहे थे। ''हमसे भी बधाई ले लीजिए मैडम; आखिरकार लाये तो हम ही थे आपको इस दिन।''

''आज ऑफिस जाने का मन नहीं है अनि, तुम भी छुट्टी ले लो।''

''मन तो मेरा भी नहीं है जाह्नवी, लेकिन क्या करूँ, आज कुछ जरूरी काम निपटाना है; लेकिन तुम चिन्ता मत करो, मैं दिन में ही फ्री हो जाऊँगा, उसके बाद हम कहीं चलेंगे।''

''ठीक है, फिर मैं भी चली जाती हूँ ऑफिस; यहाँ अकेली क्या करूँगी तुम्हारे बिना; मुझे दिन में ऑफिस से ही ले लेना।''

''ठीक है जाह्नवी, जैसा तुम ठीक समझो।'' यूँ भी अनिकेत को जाह्नवी की कही हर बात ठीक ही लगती थी। ऑफिस पहुँचते ही विनोद ने बताया, ''मैडम, आपके लिए कोई बुके दे गया है।''

जाह्नवी समझ गयी, ये काम निहारिका का ही हो सकता है। आज मन ख़ुश होने के बावजूद दुःखी था। निहारिका के हँसते हुए चेहरे के पीछे छिपे हुए दुःख को देखकर बहुत तकलीफ़ होती थी, लेकिन इस बात की ख़ुशी तो फिर भी थी कि जाह्नवी के हर ख़ूबसूरत दिन के लिए निहारिका उपस्थित हो ही जाती थी। जाने क्यों ऐसा लगता था कि निहारिका, जाह्नवी से कुछ कहना चाहती थी, लेकिन कह नहीं पा रही थी।

हालाँकि जाह्नवी को यह अच्छी तरह से पता था कि निहारिका कभी भी तनाव में नहीं जी सकती, क्योंकि यूँ भी उसे एकाकीपन से चिढ़ थी। वह हमेशा अपने खास दोस्तों के बीच ही रहना पसन्द करती थी। उसके भीतर का ठहराव, अन्दर की शान्ति, जाह्नवी को सदा ही एक शान्त तूफ़ान की भाँति प्रतीत होते थे। जो भी हो, अब वह ख़ुश है; बहुत ख़ुश, कि निहारिका

वापस आ चुकी है और वो वक्त रहते फिर से पहले जैसी ही बन जाएगी। वक्त में हर ज़ख़्म को भरने की शक्ति होती है।

रात में जाह्नवी कुछ लिखने बैठी ही थी कि निगाह, सामने रखे न्यूज पेपर पर गयी। किसी एन.जी.ओ. के बारे में कुछ छपा था। एन.जी.ओ...। जाह्नवी के ख़्वाबों में एक ख़्वाब यह भी है। इंसान को अपने सपनों को कभी भी मुरझाने नहीं देना चाहिए; इन्हें सदैव हवा-पानी देकर खिलते हुए रहने देना चाहिए। हर सपने के पूरा होने में रुकावटें आती हैं, किन्तु इसका मतलब यह नहीं कि हारकर, थककर बैठ जाए। रात कितनी भी गहरी क्यों न हो, उजाले की कुछ सुनहरी किरणें, हर सुबह के साथ अपनी झोली में ख़ुशियाँ लेकर आती हैं। जीवन कभी नहीं थमता... आगे ही आगे बढ़ते जाने का नाम ज़िन्दगी है, लेकिन साँसों का कारवाँ चलता रहे, इसके लिए विचार, सोच, रास्ते, सपने ज़रूरी हैं। एक प्रसिद्ध विचारक 'इपीक्यूरस' ने कहा है - ज़िन्दगी एक बार मयस्सर होती है और ये बहुत लंबी भी नहीं चलती... इसे अपनी तरह से भरपूर आनंद लेते हुए जीना चाहिए।

अनिकेत के साथ जीवन की राह पर चलते हुए, जाह्नवी ने प्रेम के कई रूपों को जाना है। प्रेम वो ऊर्जा है, जो काम करने की क्षमता को और बढ़ाती है। जो कुछ नहीं करता, वह प्रेम तो कर ही नहीं सकता; जहाँ निठल्लापन है, वहाँ प्रेम नहीं, महज़ आकर्षण है, या खोखले प्रेम का दावा भर है। प्रेम हमें कर्मठ बनाता है, प्रेम ही दुनिया का सबसे बड़ा धर्म है। प्रेम, दो लोगों के बीच का सबसे उन्मुक्त व्यवहार है और इसमें किसी भी स्वार्थ के लिए कोई जगह नहीं होती। जाह्नवी की अपने विचारों की एक अलग ही दुनिया है, जिसमें कई सारी चीजें एवं परिस्थितियाँ विचरण करती रहती हैं।

माँ का फोन आया था आज।

''जाह्नवी! भाभी नहीं रहीं।''

विचलित नहीं हुई जाह्नवी। उसे तो एक अनचाहा इंतज़ार था इस ख़बर का।

''कब माँ...?''

''आज सुबह ही चार बजे; तुम आ रही हो न...?''

''हाँ माँ।''

भाभी माँ, थीं तो ताईजी, लेकिन बचपन से ही पापा के मुँह से भाभी शब्द सुनती आ रही थी जाह्नवी... तो कभी ताईजी कहा ही नहीं; भाभी माँ ही कहा और फिर किसी को ऐतराज़ भी नहीं था भाभी माँ कहने पर।

कैंसर था भाभी माँ को, लेकिन जाह्नवी जानती थी, ये कैंसर शारीरिक होने से कहीं अधिक मानसिक था। पूरी ज़िन्दगी दुःख को जिया था भाभी माँ ने। भगवान में अगाध श्रद्धा के बावजूद, एक भी सुख नहीं भोगा उन्होंने। अन्त में उनकी असहनीय दुःख भोगती काया को देखकर यही निकलता था हम सबके मुँह से, कि हे भगवान, अब मुक्ति दे दे इन्हें इनके कष्ट से।

भाभी माँ के क्रियाकर्म के बाद दो दिन रुकी थी जाह्नवी, माँ के पास... लेकिन माँ से बात नहीं हो पायी थी कुछ ख़ास... आने-जाने वालों की भीड़ ही काफी थी माँ को व्यस्त रखने के लिए। भारी मन से वापस लौट आयी थी।

कितनी अजीब हैं ज़िन्दगी की राहें... इन्हें बस चलना आता है; चाहे कोई भी परिस्थिति हो, ये अनवरत अपनी रफ्तार से चलती रहती हैं और जो इनके साथ क़दमताल मिलाकर न चले, वह पीछे रह जाता है। भाभी माँ के चले जाने के बाद माँ ज़रूर कुछ एकाकीपन महसूस करने लगी थीं, किन्तु कहती कुछ नहीं थीं। माँ ने एक उम्र गुज़ारी थी भाभी माँ के साथ। उन्हें आजकल शमशान वैराग्य उत्पन्न हो गया था, जो मरने वाले के साथ उत्पन्न होकर, कुछ दिनों बाद अपने आप ख़त्म भी हो जाता है।

''अरे जाह्नवी, आज ऑफिस में बहुत काम था क्या?''

''नहीं, कुछ ख़ास नहीं, क्यों क्या हुआ?''

''नहीं, वो समीर का फोन आया था... बोला, माँ फोन नहीं उठा रहीं, उनकी तबियत तो ठीक है न।''

''उसे तो आदत है बेवजह परेशान होने की; फिर आपने क्या कहा?''

"कुछ नहीं; मैंने कह दिया, शायद काम ज़्यादा होगा और क्या।"

'हम्मम'

"ये समीर भी न; इसे चैन नहीं मिलता बात किये बिना।" बनावटी ग़ुस्से के साथ जाह्नवी, अनिकेत से शिकायत करने लगी।

"अरे भाई... बच्चा ही तो है; एक बार शादी हो जाने दो, फिर तुम्हें पूछेगा भी नहीं।"

"क्या मतलब!"

"क्या मतलब क्या... शादी के बाद उसके पास वक़्त ही कहाँ होगा तुमसे इतनी बातें करने का।"

"क्यों नहीं होगा... शादी हो जाने से पुराने रिश्ते टूट जाते हैं क्या?"

"नहीं, टूटते तो नहीं, लेकिन परिस्थितियाँ तो बदल ही जाती हैं न।" अनिकेत तो यह कहकर नॉवेल पढ़ने में व्यस्त हो गये, किन्तु जाह्नवी को कहाँ चैन था। वो अभी भी अनिकेत की कही हुई बात से असहज हो रही थी... लेकिन इसमें असहज होने की बात ही क्या थी; अनिकेत ने तो वही कहा, जो आज तक जाह्नवी, ख़ुद समीर से कहती आयी थी। जब भी समीर, जाह्नवी से ये कहा कहता था- माँ, शादी के बाद आप बदल जाओगे।

"हाँ, कुछ परिस्थितियाँ तो बदलती ही हैं।" जाह्नवी भी यही कहकर समीर को समझाया करती थी।

अजीब बात है न... कुछ बातें जो हम दूसरों को सहजता से कह पाते हैं, कभी-कभी वही बातें हमें समझने में कितनी असहजता होती है।

"अरे भाई, अब सो भी जाओ, ऑफिस नहीं जाना है क्या।"

"हाँ जाना है, बस ये सामान की लिस्ट पूरी कर लूँ; कल जाना ज़रूरी है।"

इंसान की ज़िन्दगी में एक ही दुनिया नहीं होती, विशेषकर स्त्री के

जीवन में। घर गृहस्थी से इतर, एक अलग दुनिया अनवरत चलती रहती है। उसे सत्य से बड़ा प्रेम था। सत्य, यूँ तो हर मायने में निरपेक्ष होता है, किन्तु आज की दुनिया में लोगों ने उसे सापेक्ष बना दिया है। लेकिन गाँधी जी ने तो निरपेक्ष सत्य के लिए ही लड़ाई लड़ी थी; उन्होंने कब कहा था कि सत्य, परिस्थिति के अनुसार होना चाहिए। अगर सत्य, परिस्थिति के अनुसार ही होने लगे, तब तो हर चीज सत्य है, हर इंसान सच्चा है। जाह्नवी की सच के प्रति लड़ाई, गाँधी जी जितनी बड़ी तो नहीं थी, लेकिन थी तो सही। उसे आज तक ये समझ ही नहीं आया, कि सच को लेकर प्रैक्टिकल होने के क्या मायने हैं; हर जगह उसे यही क्यों सुनने को मिलता था कि सच, परिस्थिति के अनुसार बोलना चाहिए। भगवान श्री कृष्ण ने भी यही किया था, कि इंसान को अपनी लड़ाई में किसी और की राय को भी शामिल करना चाहिए।

हालाँकि अनिकेत को भी लगता था कि जाह्नवी अपने विचारों को लेकर, अपने अधिकारों को लेकर काफी सजग है; फिर भी उसे जाह्नवी की बड़ी-बड़ी बातें समझ नहीं आती थीं। उसे ये एहसास था कि वह एक चिन्तनशील प्राणी है। विचारों का द्वन्द्व बचपन से ही उसमें चलता रहा है। वैसे भी विचारों की दुनिया में रहते हुए ही मनुष्य, स्वयं के जीवित होने का प्रमाण दे सकता है। वैसे, जाह्नवी अपने आप में नारी की स्वतंत्रता की पक्षधर ही रही है; अनिकेत भी नारी जाति का सम्मान करते रहे हैं। हर इंसान को हक़ है कि वह अपने ख़्वाबों के साथ न सिर्फ जिये, बल्कि उन्हें पूरा भी करे। मात्र ख़्वाब देखना ही काफी नहीं है, उन्हे पंख देना ज्यादा महत्त्वपूर्ण है। जाह्नवी के ख़्वाबों में भी पंख लगने अभी बाक़ी थे। उसे ऐसे लोग वैसे भी सख़्त नापसंद थे, जो बिना ख़्वाबों के अर्थहीन जीवन जीते चले जाते हैं। अरे, बिना मक़सद की कैसी ज़िन्दगी। अध्यात्मवादी होने के नाते, जाह्नवी का भगवान से सीधा सम्पर्क था। उसे ये लगता था कि उसके कुछ काम हैं, कुछ सपने हैं, जिन्हें इसी ज़िन्दगी में पूरे करने हैं। जाह्नवी, अध्यात्मवादी ज्यादा थी, धार्मिक कम थी... धार्मिक व्यक्ति होना अलग बात है और अध्यात्मवादी होना अलग बात। कुछ लोग अध्यात्मवादी होने और धार्मिक होने का एक ही मतलब निकाल लेते हैं।

फ़र्क़ है; बहुत फ़र्क़ है।

आध्यात्मिक व्यक्ति, ज़रूरी नहीं कि धार्मिक हो, किन्तु धार्मिक व्यक्ति, धर्म की राह पर चलते-चलते अनायास ही आध्यात्मिक हो जाता है।

जाह्नवी तो यूँ भी उस रूप में धार्मिक कभी हुई ही नहीं थी; हाँ, लेकिन ईश्वर से उसका गहरा लगाव था। आस्थावान तो वह थी ही। उसकी आस्था, परम्परागत न होते हुए थोड़ी लचीली थी। हर वह चीज़ जो आपको भाती है, उसके प्रति आपका प्रेम, आपका आकर्षण, उसके प्रति आपका आस्थावान होना ही तो दर्शाता है। जाह्नवी के लिए, उसके आध्यात्मिक होने के अलग मायने हैं... वो जो कहती है, जो करती है, उसी परिस्थिति को जीती भी तो है। ऐसी ही आस्था तो थी उसे अपने ख़्वाबों में, जिन्हें वो पंख देना चाहती थी। जहाँ आस्था नहीं, वहाँ तो महज़ आकर्षण हो सकता है, प्रेम नहीं... और ख़्वाबों की जहाँ बात है, वहाँ आकर्षण नहीं, आस्था की ज़रूरत है और वह लाज़िमी भी है।

जाह्नवी का मन अस्थिर हो चला। अस्थिरता कभी-कभी अच्छी, तो कभी-कभी बेवजह भी होने लगी थी। ये उसका स्वभाव भी था; कहीं कुछ देख ले, कहीं कुछ पढ़ ले, महसूस कर ले, तो विचलित हो जाती थी। ग़लत चीज़ों को देखकर विचलित होना तो वैसे भी स्वाभाविक ही है। उसे सामान्यतः अपने आस-पास के लोगों से ही ज्ञात होता था कि उसे समाजसेवा की बीमारी है। समाजसेवा भी कोई बीमारी है भला... यह तो उसका शौक़ था और सामने वाले असहाय मनुष्य की ज़रूरत। तो भला उसका ये शौक़ बीमारी कैसे हो सकता है। जाह्नवी ज़रा कम सामाजिक थी, या यूँ कहना चाहिए, सही मायनों में वही सामाजिक थी। समाज में रहते हुए आस-पास हो रही गतिविधियों से जुड़ा होना, किसी की मदद कर देना, ग़लत के ख़िलाफ़ आवाज़ उठाना... यही हुआ न सामाजिक होना तो।

आज उसकी मेहरी ने बताया कि उसकी बेटी को उसका पति मारता है; वह चाहकर भी अपने बेटी के लिए कुछ नहीं कर पा रही। जाह्नवी को ऐसी बातों से विचलित होने में कहाँ वक्त लगता था।

''क्यों मारता है?''

''कहता है, जब देखो तब माँ के यहाँ जाना है, माँ के यहाँ जाना है की रट लगाये रखती है।''

''तो, माँ के यहाँ जाना कोई गुनाह है क्या?''

''पता नहीं, उसे मेरी बेटी की हर बात से ही पीरोबलम है...''

''पीरोबलम नहीं रे, प्रॉब्लम।''

''हाँ वही।''

''गीता, तुम्हारी बेटी कहाँ तक पढ़ी है?''

''अरे कहाँ मेमसाब... गीता का बापू कहता है, इन्हें पढ़ाकर क्या करेगी, कौन सा इन्हें नौकरी करनी है।''

''यही कमी है तुम लोगों में; पहले बिना सोचे समझे, बच्चों की लाइन लगा देते हो, फिर बिना समझे उनकी शादी... और फिर वही समझें उनकी शादी और फिर वही समस्याओं की झड़ी।''

''तो का करें मेमसाब; जमुना का बापू कहत रहा, जिसके नसीब में जो लिखत रहा वही होव, तू काहे अपना खून जलात रही। अब का करूँ, माँ जो ठहरी.... कल भी पूरी रात जागते हुई गुजरी; न जाने बेटी किस हाल में हो।''

''मेमसाब, ये सब्जी देख लो... और पकानी है क्या; साहब को ऐसी ही पसन्द है न!''

जाह्नवी सोचने लगी, ये गीता कैसे इतनी जल्दी अपनी बात बदल देती है; उससे तो ये कभी नहीं हो सकता। ''शाम को क्या बनेगा, निकाल के रख देना।'' कहकर गीता तो चली गयी; जाह्नवी का मन दौड़ पड़ा, ऐसे लोगों के जीवन में, जो बिना मक़सद के बस इसलिए जिये जा रहे हैं, क्योंकि उनकी धड़कनें चल रही हैं... बस, इससे ज़्यादा कोई वजह नहीं है जीने की। लोग अन्याय सहते ही क्यों हैं और सबसे बड़े दोषी भी तो ऐसे ही लोग हैं जो खुद तो अन्याय सहते ही हैं, बल्कि दूसरे लोगों को भी यही नसीहत देते हैं कि जो नसीब में लिखा है, वही भोगना है। अरे नसीब में क्या

लिखा है ये तुम्हें क्या पता; तुम मनुष्य होने के नाते कम से कम ग़लत के ख़िलाफ़ आवाज़ तो उठाओ। अगर हर इंसान यही सोच ले, तो अराजकता और अन्याय के अतिरिक्त रह ही क्या जायेगा। परिवर्तन और उसे लागू करने का जज़्बा इंसान में ख़ुद में होता है; बाहर कहीं कुछ नहीं है, सब कुछ आपके अन्दर ही है। जागरूक तो स्वयं को ही होना होता है, हर ग़लत चीज के ख़िलाफ़।

''चलें! कहाँ खोयी हो?''

जाह्नवी ने देखा, अनिकेत कब से उसका इंतज़ार कर रहे थे।

''हाँ, बस एक मिनट...''

''ओफ़्फ़ो हो... चलो भी जाह्नवी, मैं लेट हो रहा हूँ।''

''हाँ हाँ बाबा, तुम भी न... बस, बस आयी।''

आज ऑफिस से लौटने के बाद, काफी दिनों पश्चात अनिकेत और जाह्नवी, लॉन में बैठे थे; मौसम भी बारिश का सा ही था।

जाह्नवी पढ़ रही थी- 'मुंशी प्रेमचंद की सर्वश्रेष्ठ कहानियाँ।'

यूँ तो मुंशी प्रेमचंद, धरातल से जुड़ी कहानियाँ, दुःख दारुण, कष्टमय जीवन, या यूँ कहें जीवन की सच्ची त्रासदियों पर ही लिखते थे, जो मानव जीवन के अत्यन्त क़रीब होती थीं; किन्तु आज जो कहानी जाह्नवी ने पढ़ी थी, वह हास्य से ओतप्रोत थी... शीर्षक था 'रसिक संपादक'

जाह्नवी उसके कुछ अंश अनिकेत को पढ़-पढ़कर सुना रही थी। वास्तव में ही मज़ेदार कहानी थी, एक लंपट सम्पादक की। जाह्नवी को हिन्दी उपन्यासों में ख़ासी दिलचस्पी थी।

''अनि! काफी दिन हो गये अनिमेष भाईसाहब का कोई फोन नहीं आया।''

''हम्म... आ जाता है कभी-कभी मेरे पास।''

''कैसे हैं वो?''

''अच्छे ही हैं, सब ठीक ही चल रहा है।''

''हमारे यहाँ कब आयेंगे? तुम मिले थे क्या उनसे?''

''नहीं, कहाँ समय मिल पाता है, तुम तो जानती ही हो।''

जाह्नवी को अपने ससुराल वालों में से दो ही लोगों से लगाव था; अनिकेत के बड़े भाई अनिमेष भाई साहब और अनिकेत के जीजाजी से।

अनिकेत और जाह्नवी का विवाह प्रेम विवाह था; लेकिन ये प्रेम विवाह उस रूप में विद्रोही नहीं था, जैसा कि अमूमन प्रेम विवाह के साथ होता है। यह एक आपसी रजामंदी और सबकी खुशी को ध्यान में रखते हुए सर्वसम्मति से सम्पन्न हुआ था, फिर भी जाह्नवी इसका पूरा श्रेय अनिकेत के जीजाजी को ही देती थी और इसलिए उनका सबसे ज़्यादा सम्मान भी करती थी; अनिकेत भी ये बात अच्छे से जानते थे।

अनिमेष भाई साहब की ये ख़ासियत थी कि वो जाह्नवी के जज़्बात उसके सपनों को समझते थे... उन्हें यक़ीन था कि वह एक दिन इन सपनों को पूरा कर ही लेगी और जाह्नवी भी उनकी इस ख़ामोश भावना का आदर करती थी। यें भी भाई साहब को घर में अनिकेत से कुछ ज़्यादा ही लगाव था।

आधुनिकता की दौड़ में, व्यक्तिगत स्वतंत्रता की लालसा ने संयुक्त परिवारों को कब का एकल परिवारों में बदलकर रख दिया है; लेकिन अनिकेत और भाई साहब इन चीज़ों को भली भाँति समझते थे, इसलिए शिकायत भी नहीं करते थे। जाह्नवी के मन में भाई साहब के प्रति एक ख़ास सम्मान था, लगाव था; इसलिए नहीं कि अनिकेत का उनसे लगाव था, बल्कि इसलिए कि भाई साहब सच में ही दिल के बहुत अच्छे थे... वो सच में ही जाह्नवी और अनिकेत की हर तरक़्क़ी पर हर ख़ुशी पर ख़ुश होते थे।

''आज शाम कहीं घूमने चलते हैं...''

'कहाँ?'

''कहीं भी; खाना भी बाहर ही खा लेंगे, तुम गीता को मना कर दो।''

‘‘ठीक है अनि।’’

अनिकेत कुछ-कुछ दिन के अन्तराल में जाह्नवी के आगे ऐसी इच्छा रख ही देते थे।

‘‘निहारिका कैसी है ?’’

‘‘ठीक ही है।’’

‘‘क्या कर रही है वो आजकल; शाम को उसे भी बुला लो।’’

‘‘हाँ, बुला लेती हूँ; पता नहीं आयेगी या नहीं।’’

‘‘तुम रहने दो, मैं फोन कर दूँगा।’’

‘‘ठीक है।’’

शाम को रेस्टोरेन्ट में निहारिका और अनिकेत, बातों में मशगूल थे, जाह्नवी से बेपरवाह। जाह्नवी का भी मन उनकी तरफ़ न होकर सामने टेबल पर कपड़ा मारते एक बच्चे पर था।

उस बच्चे की उम्र दस-बारह साल से ज़्यादा की नहीं होगी। यक़ीनन उसकी भाषा शैली से वो ऐसे व्यवहार कर रहा था, जैसे कि जन्म-जन्म से यही काम कर रहा हो। जाह्नवी को बालश्रम से सख़्त परहेज़ था। पढ़ने लिखने, खाने खेलने की उम्र में इन मासूम बच्चों को ये काम करने पड़ रहे थे। जाह्नवी का मन कचोट-सा जाता था ऐसे हालात पर। सरकार ने शिक्षा मुफ़्त कर रखी है, फिर भी क्यों ये लोग पढ़ने नहीं जाते।

अनिकेत समझ गये, जाह्नवी का ध्यान कहाँ है। उन्होंने निहारिका से कहा, देखो निहारिका! जाह्नवी को हमसे ज़्यादा उस बच्चे की पड़ी है।

‘‘क्या मतलब... क्या तुम नहीं जानते, बालश्रम एक अपराध है ?’’

‘‘अरे बाबा, भाई तो मज़ाक़ कर रहे हैं।’’ निहारिका बीच में ही बात सँभालते हुए बोली।

‘‘मज़ाक़! तुम तो समझदार हो; तुम भी तो समझती हो न कि ये सब

ग़लत है, अपराध है... क्या तुम्हें नहीं लगता इन लोगों को शिक्षा की कितनी ज़रूरत है?''

ज़रूरत है जाह्नवी; ये बात हम भी मानते हैं, लेकिन इसके लिए पहल इन्हीं लोगों के परिवारों को करनी होगी... सरकार तो अपना काम कर ही रही है; इनकी दिलचस्पी होनी भी तो ज़रूरी है न; पहल तो इनकी जागरूकता से ही होगी।

जाह्नवी को लगा, अनिकेत ठीक ही कह रहे हैं।

जाह्नवी को कभी-कभी पुरानी बातों से सहज होने में बहुत वक्त लग जाता था, जबकि अनिकेत उन बातों को भूल भी चुके होते थे।

जाह्नवी को लगता था कि वो ऐसी कोई इच्छा नहीं रखती, जो कि असामान्य हो, न ही उसके विचार क्रान्तिकारी हैं; वो तो बस दैनिक जीवन से जुड़ी बातों के प्रति सजगता की चाह रखती थी, जो कि वाजिब थी और जायज़ भी। उसे बस ये चाहिए था कि जो भी बात हो, वह अपने वास्तविक रूप में ही उसके सामने आये... बनावटी आवरण के साथ नहीं।

''आज पार्टी में चलना है न...!''

''देख लो अनि; ज़रूरी हो तो हो, वैसे इच्छा तो नहीं है।''

''जल्दी ही वापस आ जायेंगे।''

''जाह्नवी, आज वो नीली वाली साड़ी पहन लो न, अच्छी लगती है।''

''अरे! उसमें तो वक्त लगेगा अनि।''

''ठीक है, फिर जो तुम्हें ठीक लगे वही पहन लो।''

जाह्नवी को हँसी आ गयी। अनिकेत वैसे तो कभी किसी भी चीज़ की ज़बरदस्ती करते नहीं थे; कभी-कभी यूँ ही किसी ख़ास चीज़ के लिए इच्छ ज़ाहिर कर ही देते थे। अनिकेत को नीला रंग बहुत पसंद था। उनकी कोशिश रहती थी, उनके वार्डरोब में ज़्यादा से ज़्यादा नीला रंग हो।

पार्टी में चारों तरफ गुलाबों की महक बिखरी पड़ी थी। जाह्नवी को ख़ास पसन्द थे लाल गुलाब। रंग-बिरंगे परिधानों से सजे, आधुनिकता का लिबास ओढ़े बनावटी लोग; मन में एक-दूसरे से ईर्ष्या और मुँह पर तारीफ़ करती महिलाएँ। पार्टी की होस्ट नमिता थी... अव्वल दर्जे की बनावटी औरत; सिर से पाँव तक नकली आवरण ओढ़े हुई विचार-शून्य प्रतिमा। पति, एक कॉरपोरेट जगत में जानी पहचानी शख़्सियत, लेकिन व्यवहार में नमिता के बिल्कुल विपरीत। शान्त, सौम्य, समझदार, सादगी पसन्द व्यक्ति। अनिकेत के बहुत अच्छे दोस्त थे निखिल; कई बार जाह्नवी और अनिकेत को घर पर आमंत्रित कर चुके थे, लेकिन उनकी पत्नी के बनावटी व्यवहार के कारण जाह्नवी को असहजता होती थी। अनिकेत के कई बार कहने के बावजूद, जाह्नवी स्वयं को निखिल के यहाँ जाने के लिए मना नहीं पायी थी। वैसे भी नमिता के पास में कहने के लिए बड़ी-बड़ी गप्प के अतिरिक्त और कुछ होता भी नहीं था। यहीं कारण है, जाह्नवी ने कभी सोसायटी की महिलाओं के साथ किसी भी पार्टी में हिस्सा नहीं लिया था। वह जानती थी, ऐसी पार्टी में काम की बातों को छोड़कर हर तरह की बात होती है। यूँ भी उसके पास ऐसी चीजों के लिए वक्त नहीं था। जाह्नवी को आधुनिकता से परहेज़ नहीं था; होता भी क्यों... वह भी तो इसी पीढ़ी से है। उसे तो बस ये बिना सिर पैर की बातों से परहेज़ था। जिस मन से गयी थी, उसी मन से लौट भी आयी।

"जाह्नवी! समीर का फोन है।"

"ओह, मुझे दो।"

"हैलो माँ, कैसी हो... आपका फोन क्यों नहीं लग रहा?"

"अरे, वो पर्स में ही रखा है, शायद नेटवर्क... मैं अच्छी हूँ, तुम कैसे हो?"

"मैं भी ठीक हूँ माँ, शायद मंगलवार को आपके पास आऊँगा।"

"क्या! अरे वाह! छुट्टी है क्या, या कोई खास काम?"

"नहीं छुट्टी नहीं है, मैं जॉब बदल रहा हूँ; नोटिस पीरियड पर हूँ,

सोचा आपसे मिल भी लूँ और...''

''और... और क्या बेटा, सब कुछ ठीक तो है न।''

''हाँ-हाँ माँ, सब एकदम ठीक है, बस मिलकर बताता हूँ; अपना ध्यान रखना... मौसम ख़राब है और आपको माइग्रेन भी है; बाय माँ, लव यू।

समीर फोन रख चुका था। शायद ही कभी दीदी बोला हो उसने। ग़ुस्सा बहुत करता है समीर, अगर उसे वक्त पर जवाब न मिले तो... लेकिन जाह्नवी की शादी के बाद सहसा ही समझदार हो चला था। अब शिकायतें कम कर दी थीं उसने।

समीर क्या कह रहा था- सोचा आपसे मिल भी लूँ और... और क्या.. वो जॉब क्यों छोड़ रहा है।

अब जाह्नवी को मंगलवार का इंतज़ार था। उसने ऑफिस में बोल दिया था, वो मंगल को नहीं आयेगी। वैसे जाह्नवी बहुत ज़रूरी काम होने पर ही छुट्टी लेती थी; लेकिन ये भी एक जरूरी काम ही तो था। समीर के आने से ज़्यादा ज़रूरी क्या हो सकता था भला... और फिर जब पिछली बार समीर आया था, तब जाह्नवी, मजबूरी में छुट्टी नहीं ले पायी थी, तब कितना सुनाया था समीर ने... क्या माँ, मैं कब-कब आता हूँ, एक छुट्टी भी नहीं ले सकतीं क्या आप।

इसलिए इस बार समीर को एक भी मौक़ा नहीं देना चाहती जाह्नवी।

जाह्नवी को मुस्कराता देख अनिकेत से रहा न गया, ''क्या बात है जाह्नवी, बड़ी खुश नज़र आ रही हो।''

''हाँ, समीर आ रहा है मंगल को।''

''ओह! तो क्या बनाओगी अपने लाड़ले के लिए; छुट्टी ले रही हो न।''

''हाँ, वो तो लेनी ही है।''

समीर के आने के एक दिन पहले ही सारी तैयारियाँ कर ली थी जाह्नवी ने... कॉफी लाना न भूली थी वो; समीर को उसी के हाथ की कॉफी पसन्द थी। मंगल की छुट्टी ली थी, इसलिए सोने की भी कोई जल्दी नहीं थी। अनिकेत ने भी जाह्नवी की ख़ुशी को देखते हुए छुट्टी ले ली थी। अनिकेत टी.वी. देखने चले गये।

जाह्नवी भी समीर के साथ बिताये वक्त को याद कर मुस्करा रही थी। समीर से आठ नौ साल ही बड़ी थी वह। समीर को जाह्नवी के मुँह से बेटा सुनना बहुत अच्छा लगता था, मगर कभी भूलवश भी वो ऐसा कहना भूल जाती, तो समीर को लगने लगता कि वह समीर से नाराज़ है। बहुत ज़िद्दी था समीर। जाह्नवी और उसमें तक़रीबन हर बात, हर मुद्दे को लेकर बहस हो ही जाती थी। अंततः दोनों को ही अपनी बहस को, छोड़ो, कहकर विराम देना पड़ता था। बहुत मेहनती है समीर। जाह्नवी को पूरा विश्वास था कि वह एक न एक दिन ज़रूर कुछ करेगा। इन्हीं विचारों के साथ न जाने कब आँख लग गयी।

जब कोई खास आने वाला हो, मन ही नहीं लगता जाह्नवी का काम में।

अनिकेत, फोन पर इतनी सुबह किससे बात कर रहे हैं।

जाह्नवी समझ गयी, इतनी सुबह महरी का ही फोन हो सकता है। उफ! क्या मुसीबत है; जब ज़रूरत हो, इसे भी तब ही छुट्टी लेनी होती है।

''अनि! इतनी छुट्टियाँ; इस बार मैं इसके पैसे काट के ही दूँगी।'' और जाह्नवी का ग़ुस्सा सातवें आसमान पर था। अनिकेत को पता था, जाह्नवी ऐसा कुछ नहीं करेगी, वो बस ग़ुस्से में ऐसा कह ही सकती है। वैसे भी जाह्नवी को ग़रीबों से कुछ ज़्यादा ही हमदर्दी थी। वो किसी को आर्थिक नुक़सान तो बिल्कुल ही नहीं पहुँचा सकती थी।

''अरे, क्यों ग़ुस्सा कर रही हो, बेचारी बीमार हो गयी होगी।''

''सही है... ये लोग तो बस एक फोन कर देते हैं; अगर मेरी छुट्टी न होती तो क्या मैं छुट्टी लेकर घर का काम निपटाती... शाम को नहीं बोल

सकती थी क्या।

"अच्छा बाबा, अब अपना मूड सही कर लो; समीर का फोन आया है, वो स्टेशन पर पहुँच चुका है... मैं उसे लेने जाता हूँ; तुम्हें कुछ और सामान चाहिए तो बता दो, लौटते वक्त लेता आऊँगा।"

"नहीं... अच्छा सुनो... चलो कुछ नहीं; मीठा तो उसे पसन्द ही नहीं है, वरना मीठा ले आते; खैर तुम जाओ, मैं तब तक काम निपटा लेती हूँ।" अनिकेत के जाने के बाद जाह्नवी यन्त्रवत् काम करने लगी। उसे जब ये पता होता था कि उसे ही काम निपटाना है, तो वह बिना रुके, पूरे जोश से मशीन सी फुर्ती के साथ जल्दी से सारा काम कर लेती थी।

काम से निपटने के बाद नहाकर, जाह्नवी मन्दिर में घुसी ही थी कि कॉलबेल बजी... लगता है समीर आ गया।

जाह्नवी ने दरवाजा खोला। समीर सामने था। पैर छूते ही गले लग गया।

"कैसी हो माँ?"

"खुश रहो, अच्छी हूँ; सफर कैसा रहा, कोई परेशानी तो नहीं हुई?"

"नहीं माँ, कुछ ख़ास नहीं; बस आपके यहाँ ठंड बहुत पड़ती है, मुझे इतनी ठण्ढ की आदत नहीं है न।"

"अरे हाँ, तुम बैठो, मैं अभी कॉफी बनाकर लाती हूँ?"

"माँ! अदरक भी डाल देना।"

"हाँ भाई मुझे पता है, अदरक वाली ही बनाऊँगी तुम्हारे लिये...कुछ नाश्ता भी बना लूँ?

"नहीं माँ, अभी नहीं; अभी सिर्फ कॉफी।"

जाह्नवी, कॉफी बनाते हुए सोच रही थी कि समीर तो अब बिल्कुल ही पहचान में नहीं आ रहा; बहुत बदल गया है, लगता है अब खाया पिया अंग लगने लगा है... कहाँ तो इतना कमज़ोर सा दिखता था पहले।

ख़ुद ही नज़र न लगा बैठे, यही सोच ध्यान हटा लिया समीर से।

कॉफी का कप पकड़ाते हुए जाह्नवी ने ध्यान दिया, न सिर्फ दिखने में, डील-डौल में, बल्कि बातचीत के लहजे में भी समीर बहुत बदल चुका है।

''और सुनाओ समीर, क्या चल रहा है!'' हालाँकि जाह्नवी, समीर से उसके उस अधूरे छोड़े हुए वाक्य- ''सोचा आपसे मिल भी लूँ और... का मतलब पूछ लेना चाहती थी जल्दी से जल्दी, लेकिन वो जानती थी कि इस समय यह पूछना ठीक नहीं रहेगा और अनिकेत को भी जाह्नवी की ये अधीरता पसन्द नहीं थी।

जाह्नवी भी जानती थी, समीर ख़ुद अधीर हो रहा है बहुत कुछ बताने के लिए; लेकिन वो अनिकेत के सामने इतना नहीं खुल पाता था।

अनिकेत को भी पता था, दोनों भाई-बहन बस बहुत कुछ एक-दूसरे को बता देने के लिये बैठे हैं। वो भी इन दोनों की भावनाओं का सम्मान करते हुए निखिल से मिलने का कहकर निकल पड़े।

समीर भी अनिकेत के जाने के बाद सहज हो गया।

''कैसी हो माँ?''

''अच्छी हूँ।''

''मेरी याद नहीं आती न तुम्हें!''

''ऐसा क्यों कह रहे हो; तुम्हें क्यों न याद करूँगी भला।''

समीर ज़रा गम्भीर हो चला था।

''कितनी अजीब बात है न माँ; तुम मुझे हमेशा समझाती थीं कि हम सब परिस्थिति के वश में होते हैं और मैं हमेशा यही कहता था कि ऐसा कुछ नहीं होता, परिस्थितियाँ तो हमारी ही बनायी हुई होती हैं... आज जब मैं ख़ुद इन चीज़ों को नज़दीक से देखता हूँ तो आपकी बातें याद आ जाती हैं।''

जाह्नवी देख रही थी; समीर जो भी कह रहा था, वही उसके चेहरे पर

भी था; वह तो हमेशा से ही एक बेफ़िक्र, बेपरवाह, मस्ती में डूबे रहने वाला लड़का रहा है... आज इतनी गम्भीरता और परिपक्वता के साथ बात कर रहा है।

"क्या बात है बेटा... कोई परेशानी; तुम्हें इतना गम्भीर पहले तो कभी नहीं देखा।"

"नहीं माँ, ऐसी कोई बात नहीं; बस दुनियादारी अब ज़रा समझ में आने लगी है; बहुत सी बातें हैं, जो सुनी तो आपसे बहुत बार थी, लेकिन उनका मतलब अब समझ में आने लगा है, जबसे यशी से मुलाक़ात हुई तब से..."

"यशी... कौन?"

"वो माँ, मैं आपको बताने ही वाला था।"

'अच्छा...!'

"हाँ माँ, सच में आपकी क़सम।"

समीर की पुरानी आदत थी; जाह्नवी का विश्वास कम होता देख वो जाह्नवी की क़सम खा लेता था, जिससे कि वह मान जाए।

"हाँ तो कौन है ये यशी; नाम तो बड़ा सुन्दर है।"

"अरे माँ, सिर्फ नाम ही नहीं, वो ख़ुद भी बहुत ख़ूबसूरत है... बड़ी-बड़ी झील सी आँखें, काले घने लम्बे बाल, दूध सी धुली उसके रंग की चमक।"

समीर को लगा, उसे अब थोड़ा थम जाना चाहिए, तो बात बनाते हुए बोला, "लेकिन माँ, आपके मुक़ाबले तो कुछ भी नहीं है।"

"माँ को मस्का लगा रहा है..."

"नहीं माँ, सच में; आपकी हमशक्ल तो नहीं, लेकिन आपकी परछाई सी लगती है वो।"

''वो... वो कौन; तुम्हारे साथ काम करती है ?''

हाँ, मेरे ही ऑफिस में है।''

''कहाँ की रहने वाली है ?''

''बैंगलोर की ही है माँ; उसकी फेमिली भी वहीं रहती है।''

''तुम मिल चुके हो उसके परिवार से ?''

''नहीं तो, अभी कहाँ; लेकिन मिलना चाहता हूँ।''

''तो जनाब को प्यार हो गया है, क्यों!''

''हाँ माँ, प्यार तो हो ही गया है मुझे; वो बहुत ही प्यारी है माँ और जब आप उससे मिलोगी न, तो आपको भी उससे प्यार हो जायेगा।'' कहते ही ठहाका लगाकर हँस पड़ा समीर।

जाह्नवी, समीर की भावनाओं को अन्तर्मन से समझ सकती थी। ऐसी ही भावनायें उसके और अनिकेत के मन में भी पनपी थीं, जिसका परिणाम उनके सफल विवाह के रूप में हुआ।

यूँ भी जाह्नवी के परिवार में प्रेम-विवाह से किसी को भी एतराज़ ना था और होता भी तो अनिकेत और जाह्नवी थे न समीर का साथ देने के लिए।

''माँ, आप बात करोगी यशी से ?''

''अभी नहीं समीर, बाद में।''

''ठीक है माँ, आप जब चाहो तब।''

''ये बात तो तुम मुझे फोन पर भी बता सकते थे।''

''हाँ, बता तो सकता था माँ, लेकिन ये मेरी ज़िन्दगी का बहुत बड़ा फैसला है, तो सोचा आपको मिलकर ही बताऊँ और वैसे भी आपके अलावा मुझमें और मेरी ज़िन्दगी में दिलचस्पी है ही किसे।''

समीर को एक शिकायत सी रहती थी अपने परिवार से... उसकी इस

शिकायत को समझती थी जाह्नवी।

ये जो एक दृष्टिकोण का अन्तर सा रहता है पुरानी और नयी पीढ़ी के बीच में; ये सच में अन्तर ही है, या दोनों ही अपनी अपनी जगह सही हैं। खैर ये नज़रिये का विरोध तो सनातन है; सृष्टि है, तब तक रहेगा।

समीर के हर फैसले का स्वागत करती थी जाह्नवी; वह जानती थी कि वो समझदार बच्चा है, अच्छे बुरे का फ़र्क़ समझता है और वैसे भी हालात ने उसे वक्त से पहले ही बड़ा बना दिया था।

परिपक्वता का उम्र से कोई सीधा संबन्ध नहीं है; परिस्थितिवश इंसान परिपक्व हो भी जाता है और नहीं भी। भावनाओं एवं जज़्बात का ज्वार बचपन से ही उमड़ता रहा है जाह्नवी में... एक अधूरापन सा महसूस होता था। कुछ ख़्वाब थे, पर बिना पंख के थे; अधूरे थे, कहीं कुछ बाक़ी सा था। वो नहीं चाहती थी कि उसकी ज़िन्दगी अधूरे ख़्वाबों के साथ ख़त्म हो। एक बार ही तो मिली है ये ज़िन्दगी। जीवन के बाद के जीवन में विश्वास होना अलग बात है और उसका वास्तव में अस्तित्व में होना अलग बात।

जो है वो बस अभी है, यही है। आशा-निराशा, सुख-दुःख, गति-अगति, शान्ति-अशान्ति, जय-पराजय, सभी चीज़ें जीवन के अंश मात्र हैं। उन सभी के परे कुछ और भी तो है... वो क्या है, वही जानना और समझना चाहती थी जाह्नवी। ऐसा कुछ भी तो नहीं जो नामुमकिन हो; मुश्किल जरूर हो सकता है, असम्भव कुछ नहीं। सोचती-सोचती जाने कहाँ गुम हो गयी जाह्नवी।

''आदि कैसी है माँ?'' समीर की आवाज़ से वह लौटी।

''हाँ, अच्छी है, शैतान बहुत हो गयी है; अनि पर गयी है न, चुप तो बैठ ही नहीं सकती।''

''कहाँ है, सुबह से दिखायी भी नहीं दी।''

अनिकेत और जाह्नवी की जीवन रूपी बग़िया का एक खिलखिलाता हुआ ख़ूबसूरत सा फल थी उनकी प्यारी बिटिया 'अदिश्री'।

''वो दीदी के यहाँ है, कल ही आयी थीं उसे ले गयी। अदि का भी यहाँ मन कम ही लगता है; वहाँ नन्दिनी है ना, दी की बेटी, उसी के साथ रहना है उसे तो बस।''

''वो रह लेती है क्या माँ तुम्हारे बिना?''

''हाँ, रह लेती है... नन्दिनी है न उसकी हमउम्र; बच्चों की एक अलग ही दुनिया होती है समीर, वो उसी में खुश रहते हैं; वैसे भी इन अबोध मासूम बच्चों को कहाँ ये दुनियादारी समझ आती है; जानते हो समीर, अदि पूछ रही थी...!''

'क्या?'

''समीर, मामा हैं या भैया।''

''फिर आपने क्या कहा?''

''उसके बाल-सुलभ प्रश्न का क्या उत्तर देती मैं... उसी पर छोड़ दिया, जो उसे अच्छा लगे।''

''नहीं माँ, आप कह देना, वो मुझे मामा ही बुलाये, बस।''

''ठीक है बेटा, कह दूँगी।''

''कुछ असमंजस में हूँ माँ, समझ नहीं आ रहा।''

''क्या बात है समीर... फोन पर भी ऐसा ही लगा था मुझे... यशी को लेकर न!''

''वो हमारी जाति की नहीं है माँ... पापा नहीं मानेंगे।''

''क्या फ़र्क पड़ता है; मैंने भी तो प्रेम विवाह किया है न।''

''आपकी बात अलग है; आप और जीजाजी के मामले में जाति के समान होने से कोई समस्या नहीं आयी थी।''

''पापा से मैं बात करूँगी; तुम फ़िक्र मत करो, मान जायेंगे वो।''

''आप जानती हो, ये सम्भव नहीं, फिर भी मेरा मन रखने के लिए...''

''नहीं, मन रखने के लिए नहीं; मैं समझाऊँगी उन्हें, मुझे थोड़ा वक्त दो।''

''पापा की मर्ज़ी के ख़िलाफ़ तो नहीं जाऊँगा, लेकिन ये भी तय है कि यशी के साथ नहीं, तो किसी के भी साथ नहीं माँ।''

''हर बात में इतनी जल्दी फैसले लेने की क्या ज़रूरत है; कुछ चीजें वक्त भी तो लेती हैं न; ज़िन्दगीभर के फैसले ऐसे तो नहीं लिये जाते हैं न, तसल्ली रखो।''

''आप एक ऐसे काम के लिये मुझे सब्र रखने के लिये कह रही हो माँ, जो आप भी जानती हो कि संभव है ही नहीं।''

''संभव-असंभव की परिभाषा क्या होती है समीर? कोशिश किये बिना ही मैं कैसे कह दूँ कि ये असंभव है या ये मुश्किल है... तुम्हें क्या लगता है, अगर मैं और अनि अलग-अलग जाति से होते, तो हमारी शादी नहीं होती?''

''तो क्या हो जाती?''

''क्यों नहीं।''

''आप जानती हो न, आप ऐसा इसलिए कह पा रही हो, क्योंकि अब तो वह स्थिति रही नहीं... और जब काम हो जाते हैं तब हम कुछ भी कह सकते हैं, है न!''

''तुम बिल्कुल नहीं बदले समीर; कोई भी चीज़ तुम्हें आसानी से उग्र बना सकती है... अपने दिमाग़ में इतना क्या लेकर घूमते हो तुम, जो कभी भी सामान्य रूप में नहीं रह सकते हो।''

''ये क्या बात हुई; अब अपनी जिन्दगी की इतनी गंभीर बात पर भी उग्र न होऊँ क्या; ये तो वही बात हुई कि...।''

“अरे बस बस, बस भाई... कुछ भी गंभीर नहीं है; मुझ पर छोड़ दो सब, बस अब।”

समीर कुछ गम्भीर हो चला था। ये उसका स्वभाव भी था।

जाह्नवी ने ही माहौल को हल्का करते हुए पूछा, “आज कवि सम्मेलन है, चलोगे?”

‘नहीं।’

“क्यों... चलो न... तुम्हें तो बहुत पसन्द है न... अरे वाह! अभी तो शादी हुई भी नहीं और अभी से हमारी बात नहीं मानना सीख गये जनाब।”

“क्या माँ; कोई नाराज रह नहीं सकता आपसे, मैं तो बिल्कुल भी नहीं; कितने बजे चलना है?”

“पाँच बजे।”

एक सुकून भरी शाम बितायी दोनों ने।

“बशीर बद्र साहब को सुनना अलग ही अनुभव है माँ थैक्स माँ।”

‘क्यों?’

“आप जानती हो।”

“हम्म... तभी तो ले गयी थी तुम्हें।”

“माँ, वो आपकी कोई रिश्तेदार है न; जो आपको बेटा पैदा करने की नसीहत देती रहती है।”

“हा हा...”

“वो कैसी है?”

“अरे तुम्हें उसकी याद कैसे आयी?”

“बशीर साहब कह रहे थे न...

सबकी अपनी अपनी साँसें हैं...

तू सबका दावेदार न बन।''

दरअसल ये लाइनें सुनकर मुझे उनकी याद आ गयी,

''माँ, उन्हें नसीहतें देने का बहुत शौक़ है न...।''

''तो फिर क्या सोचा आपने माँ?''

''किस बारे में?''

''बेटा पैदा करने के बारे में।''

ठहाकों से गूँज उठा कमरा।

''अरी जानी, एक बेटा तो होना ही चाहिए, वंश कैसे बढ़ेगा। अनिकेत बेटा! अब बहू को तू ही कुछ समझा; मुझ बुढ़िया की बात तो अब कोई सुनने से रहा।'' अनिकेत की मौसी, जाह्नवी का पूरा नाम नहीं ले पाती थी... जानी ही निकलता था उसके मुँह से। उनके स्वयं के दो बेटे थे और उनकी बहुओं में संघर्ष चलता रहा था कि आज मौसी को कैसे टालें अपने यहाँ खाना खाने से। तब भी मौसी की पुत्र अभिलाषा कम न होती थीं

जाह्नवी जानती थी कि यदि उसने मौसी को यह बता दिया कि उसे और अनिकेत को अदिश्री से आगे कोई चाहत नहीं है, तो शायद उन्हें हृदयाघात भी हो सकता था।

अनिकेत भी मौसी को अप्रत्यक्ष रूप से समझा चुके थे, किन्तु मौसी को समझाना एक बहुत बड़ी चुनौती थी।

''माँ! कहाँ खो गयीं; आपके विचारों की एक अलग ही दुनिया है, जब तब वहीं पहुँच जाती हो।''

''अरे नहीं रे, बस वो मौसी की बात याद आ गयी।''

''ओह! वो अब तो आपको परेशान नहीं करती न।''

''परिस्थितियाँ तो अब भी वही हैं समीर, लेकिन अब तुम्हारी बहन अपने फैसलों पर अटल रहती है।''

‘‘इंसान में ज़िन्दगी के फैसले लेने और उन पर क़ायम रहने की क़ाबिलियत होनी चाहिए समीर।’’

‘‘आपकी ज़िन्दगी के लिए आपसे बेहतर फैसले और कोई नहीं ले सकता।’’

‘‘आपकी दार्शनिक बातें सुने बहुत दिन हो गये थे माँ।

‘‘बहुत उम्मीदें मिलती हैं आपकी बातों से; आपको पता है माँ, यशी बहुत बेसब्र है आपसे मिलने के लिए... वो बहुत कुछ आपके जैसी ही है, साहित्य में गहरी रुचि है उसकी... ड्राइंग पसन्द है उसे, आप ही की तरह पुराने गानों की दीवानी है वो... पता है माँ, आप उससे किसी भी टॉपिक पर बात कर सकते हो।’’

‘‘क्या कर रही है वो? पढ़ाई पूरी हो चुकी क्या उसकी?’’

‘‘यशी रिसर्च कर रही है माँ; हिन्दी साहित्य में एम.ए. किया है।’’

‘‘ओह! गुड, तब तो हमारी खूब बनेगी।’’

‘‘हाँ माँ।’’

‘‘तुम चिन्ता मत करो समीर... मैं तुम्हारे ख़्वाबों को टूटने नहीं दूँगी; तुम्हें पूरा हक़ है, जिससे तुम प्यार करते हो उसी के साथ जीवन बिताने का। शादी की बुनियाद प्यार ही होनी चाहिए; दो लोग जीवन बिता देते हैं यह सोचने में कि उनके रिश्ते में आखिर कमी किस चीज़ की है। समर्पण है, आदर है... फिर... अरे फिर क्या... प्यार कहाँ है रिश्ते में। जो बुनियाद है, वही तो नहीं है।’’

‘‘वही तो माँ; बिना प्यार के मैं भी किसी अंजान के साथ कैसे रह सकता हूँ।’’

‘‘पापा को मना लो माँ; यशी के बिना मैं...’’

जाह्नवी की ज़िन्दगी मे सपनों की बहुत अहमियत थी। वो लोग, जो दुनिया में अपने सपने पूरे करते हैं, वो भी तो हम में से ही होते हैं न; फिर

हम क्यों नहीं। समीर का ये सपना अब जाह्नवी की ज़िम्मेदारी थी।

"अभी तो कुछ दिन हो या यहाँ।"

"हाँ माँ, अभी तो हूँ।

माँ! कुछ कहना है आपसे...''

"कहो न बेटा...''

"माँ, पता नहीं... कैसे... दरअसल... यशी...''

"क्या बात है समीर?''

"माँ... यशी... तलाकशुदा है।''

कमरे में सन्नाटा पसर गया।

"माँ... कुछ बोलोगी नहीं।''

"मैं कॉफी बनाकर लाती हूँ।''

"नहीं माँ, नहीं चाहिए।''

"सर्दी बहुत है बेटा, गर्माहट मिल जाएगी।''

"मैंने कुछ कहा यशी के बारे में... आपने शायद ध्यान नहीं दिया।''

"शाम को खाने में क्या बनाऊँ समीर... दाल चावल बहुत पसन्द है न तुम्हें, वही बना लेती हूँ; आज गीता को मैंने मना कर दिया है।''

"माँ... मैं कुछ कह रहा हूँ आपसे...''

"जानते हो समीर, कुछ दिनों पहले निहारिका भी लौट आयी है; यहीं है, इसी शहर में... मिलोगे उससे?''

"आप मेरी बात क्यों नहीं सुन रही हो माँ... मैं कब से...''

"कब से क्या!'' जाह्नवी लगभग लगभग चीखती है "कब से क्या... हाँ... कब से क्या... जानते भी हो क्या कह रहे हो; कोई सामान्य लड़की

नहीं मिली क्या तुम्हें!''

''सामान्य? क्या मतलब है आपका माँ... सामान्य मतलब? क्या मात्र तलाक़शुदा होने से कोई इंसान असामान्य हो जाता है; आप कहना क्या चाहती हो माँ?''

''मेरा वो मतलब नहीं है समीर।''

''तो फिर क्या मलतब है आपका, जरा मैं भी तो जानूँ; अगर यशी तलाक़शुदा है, तो इसमें उसकी क्या ग़लती है? उसके तलाक़शुदा मात्र होने से वह सामान्य श्रेणी से बाहर कैसे हो सकती है भला?''

''मुझे समझ नहीं रहा, मैं तुम्हें कैसे समझाऊँ।''

''मैं क्या समझूँ, क्या समझाना चाहती हो आप मुझे?''

''पापा नहीं मानेंगे समीर।''

''अभी तो आप कह रही थीं, आप समझायेंगी उन्हें; अब अचानक क्या हो गया?''

''तुम समझते क्यों नहीं समीर; अब ये एक अलग मुद्दा हो चुका है।''

''अलग? यही न कि वो तलाक़शुदा है?''

''हाँ, जाति तक तो ठीक था समीर, लेकिन ये... पापा कभी नहीं मानेंगे मेरे बच्चे।''

''मैं जानता था माँ, ये इतना आसान न होगा, इसलिए मैं आपके पास आया हूँ; मुझे एक बात बता दो माँ, उसके तलाक़शुदा होने से आपको तो कोई ऐतराज़ नहीं है न!''

''उससे क्या फ़र्क पड़ता है समीर?''

''पड़ता है, बहुत फ़र्क पड़ता है, न जाने क्यों मुझे ऐसा लग रहा है जैसे कि कुछ देर पहले तक आपको अपनी सी लगने वाली यशी अब असामान्य सी लगने लगी है; क्या मैंने यशी से प्यार करके कोई ग़लती कर

दी है?

''कहो न माँ... प्लीज।''

''अब मैं क्या कहूँ समीर, निःशब्द हो गयी हूँ।''

''पापा को तो तुम जानते ही हो; माँ की मर्ज़ी, न मर्ज़ी का तो सवाल ही नही उठता; पापा के रहते उन्होंने कभी ज़ुबान तक नहीं खोली है; उनकी इच्छा के ख़िलाफ़ माँ ने कभी एक शब्द तक मुँह से नहीं निकाला है। एक ही जाति के होने के बावजूद पापा ने मेरे और अनिकेत के विवाह को भी ख़ुशी-ख़ुशी तो रज़ामंदी नहीं दी थी; माँ की इच्छा और अनिच्छा का तो मतलब ही कहाँ है पापा के फैसलों के आगे। तुम्हारे प्रति तो वैसे भी उनके मन में एक कड़वाहट सी आ गयी है, जब से तुमने उनके ख़िलाफ़ जाकर अपना कैरियर चुना... अब ऐसे मे मैं उनसे क्या कहूँगी, मेरी तो कुछ समझ में नही आ रहा; अब तो एक ही रास्ता है समीर।''

''कैसा रास्ता माँ?''

''तुम और यशी कोर्ट मैरिज कर लो।''

'व्हॉट!'

''हाँ... यही ठीक रहेगा।''

''नहीं माँ; ये आप क्या कह रही हो; नो, नेवर, आई कान्ट डू दिस... हाऊ कुड यू थिंक लाइक दैट माँ... अगर यही करना होता तो मैं आपसे भी ये सब क्यों कहता; मैं शादी, शादी की तरह से ही करना चाहता हूँ माँ, पूरे रीति रिवाज, सबकी रज़ामंदी के साथ; किसी को भी नाराज़ करके नहीं।''

शाम को खाने के बाद जाह्नवी और समीर में कुछ खास बात नहीं हुई। एक उदास सी ख़ामोशी बिखरी पड़ी थी दोनों के बीच। ज़रा सी औपचारिकता के बाद दोनों सोने चले गये।

मैग्ज़ीन के पन्ने पलटते हुए जाह्नवी ने अनिकेतन के चेहरे की तरफ़ ध्यान दिया। कितनी शान्त नींद बिखरी पड़ी है अनिकेत के मासूम चेहरे पर... किन्तु जाह्नवी की आँखों से कोसों दूर थी आज नींद। रह-रहकर

समीर के कहे शब्द उसके कानों में गूँज रहे थे... अगर यशी नहीं तो कोई भी नहीं माँ। समीर की ज़िद से वाक़िफ़ थी वो।

समीर, जाह्नवी का सौतेला भाई था। जाह्नवी के पिता ने समीर की माँ से दूसरा विवाह किया था, जाह्नवी की माँ की मृत्यु के बाद। जाह्नवी ने भी समीर की माँ को कभी सौतेली माँ नही समझा और न ही उन्होंने ख़ुद भी कभी जाह्नवी और समीर में फ़र्क़ किया। जाह्नवी के पिता ने अपनी दूसरी पत्नी को हमेशा एक वस्तु समझकर उनका उपभोग किया... कभी भी उनकी मर्ज़ी, इच्छा, चाह का मान नहीं रखा। समीर को अपने पिता के इस रूप से नफ़रत थी; हालाँकि जाह्नवी के पिता ने अपने दोनों बच्चों में कभी कोई फ़र्क़ नहीं किया; बहुत ही अच्छी परवरिश दी, कभी किसी चीज़ की कमी नहीं होने दी। समीर को अपने पिता का सख़्त एवं कठोर अनुशासन पसन्द नहीं आता था। बचपन से ही दोनों के बीच में वैचारिक द्वन्द्व चलता रहता था। पिताजी ने भी जीवन भर भावनाओं से ज़्यादा, कठोर नियमों को महत्त्व दिया। समीर को भी विद्रोही स्वभाव का कहना ग़लत होगा... अपने हक के लिए लड़ना विद्रोह नहीं, सजगता है। आदर्शों और संस्कारों पर चलना अलग बात है और रूढ़िवादी विचारों, अंधविश्वासों को वहन करना अलग बात।

मानवीय संवेदनाओं से बढ़कर तो नहीं ये रूढ़िवादी परम्परायें। मनुष्य हृदय बहुत कोमल होता है; उसके हृदय के पोषण के लिए प्रेम होना आवश्यक है; ऐसे कठोर नियम नहीं, जो उसके हृदय को छलनी कर दें। माँ का मन नहीं पढ़ा जा सकता था। वहाँ शायद अनासक्ति का भाव था, या शायद हृदयविदारक ख़ामोशी। एक शिकायत थी जाह्नवी और समीर को अपनी माँ से भी, कि कभी विरोध क्यों नहीं किया उन्होंने ग़लत बातों का; ऐसा निर्जीव जीवन क्यों जिया उन्होंने। भौतिकवादी सुखों से मानसिक सुख नहीं मिल सकते। गहने-वस्त्र, नौकर चाकर, बड़ा घर, गाड़ियाँ, धन-दौलत सब कुछ था, लेकिन मानसिक शान्ति कहाँ थी... सुख कहाँ था माँ के जीवन में।

''माँ, मैं सोच रहा हूँ कि आज शाम वाली गाड़ी से ही निकल जाऊँ।''

''क्यों भला; तुम तो अभी कुछ और दिन ठहरने की कह रहे थे; मन नहीं लग रहा क्या यहाँ...?''

''नहीं, ऐसी तो कोई बात नहीं... बस... आप भी तो कल से ऑफिस जाओगी... मैं करूँगा भी क्या।''

''मैं और छुट्टी ले लेती हूँ न।''

''नहीं नहीं, आप मत लो; मैं भी जरा कुछ काम पेन्डिंग हैं, वो निपटा लूँगा।''

''अनि से कह देती हूँ, रिजर्वेशन देख लेंगे तुम्हारा।''

''हम्म, ठीक है।''

जाह्नवी जानती थी, अब समीर रोके से भी नहीं रुकेगा, इसलिए उसने भी ज़िद नहीं की उसे रोकने की। एक दिन पूरा यूँ ही निकल गया।

''अरे जाह्नवी, मैं तुम्हें बताना भूल गया था... वो निखिल जी का फोन आया था; तुम्हें 'अपना घर' में कपड़े पहुँचाने थे न; वो जा रहे हैं सोमवार को, मुझे दे देना मैं दे आऊँगा।

''क्यों माँ, आजकल आप खुद नहीं जातीं क्या वहाँ?''

''हाँ, जाती हूँ कभी-कभी।''

''कभी-कभी मतलब... आप तो हर पन्द्रह दिन में जाती थीं न!''

''हाँ जाती तो थी, लेकिन अभी कुछ दिनों से नहीं जा पायी हूँ।''

''जानते हो समीर; वो एक ऐसी जगह है, जहाँ हम कभी भी नहीं चाहते हैं कि वहाँ के सदस्यों में इज़ाफा हो; लेकिन दुःख की बात है कि दिन प्रतिदिन, समाज द्वारा उपेक्षित लोगों की संख्या वहाँ बढ़ती जा रही है।''

''ठीक है न माँ... कुछ लोग होते ही उपेक्षा के क़ाबिल हैं।''

''नहीं समीर... ग़लत कह रहे हो; वैचारिक विरोध का समाधान, घर से निष्कासन नहीं हो सकता... बैठकर, बात करके हर समस्या को

सुलझाया जा सकता है।''

''प्लीज माँ, अब आप ये आदर्शवादी बातें रहने दो।''

''इसमें आदर्शवादी बातों की क्या बात है समीर; क्या युवा पीढ़ी के पास में अपनी बातों को मनवाने का एक यही तरीक़ा बचा है, जिसे वो हथियार की तरह आज़माते हैं, बुजुर्गों को घर से निकालकर... वो जीवनभर अपने बच्चों को पालते पोसते हैं, उनका अपने ही घर से निष्कासन।''

''माँ, आप एक ही पहलू को देखकर फैसला कैसे कर सकती हो?''

''क्यों, तुम ख़ुद को ही देख लो; तुम्हारा भी तो पापा से वैचारिक विरोध है, तो तुम क्यों पापा को उस घर से नहीं निकालकर, ख़ुद ही उस घर को छोड़कर चले गये।''

''माँ प्लीज, मेरी बात बीच में मत लाओ।''

''क्यों न लाऊँ... युवा पीढ़ी तुम और मुझ जैसे लोगों से मिलकर ही तो बनी है; हम ही तो समाज बनाते हैं... मुझे बताओ, आज अगर तुम शादीशुदा होते, तो क्या तब भी तुम ही उस घर को छोड़कर जाते या पापा को...''

''ये क्या कह रही हो माँ; तुमने ऐसा कैसे सोच लिया... यक़ीनन तब भी मैं ही घर छोड़कर जाता।''

''निष्कासन का मतलब सिर्फ किसी को घर से या ज़िन्दगी से निकाल देना मात्र नहीं है समीर; तुमने ख़ुद को उस घर से निकालकर, माँ की उपेक्षा भी तो की है; अपना विरोध तो तुम उस घर में रहकर भी दर्ज करा सकते थे, लेकिन तुमने माँ को अकेला छोड़कर अपने दिल से उनका निष्कासन कर दिया।''

'जाह्नवी!'

''हाँ, आयी।''

अनि के आवाज़ लगाने पर जाह्नवी चली गयी, लेकिन समीर

किंकर्तव्यविमूढ़ सा खड़ा रह गया। ये क्या कह गयी थी जाह्नवी उससे। उसे नहीं पता था कि उसकी बहन को उससे इतनी बड़ी शिकायत थी।

''अरे, अब चलो भी भाई; ट्रेन का वक़्त हो गया है समीर।'' अनिकेत कह रहे थे।

जाह्नवी तो कब की सहज हो चुकी थी, समीर नहीं हो पा रहा था। कुछ चुभ रहा था उसके दिल में। भारी मन से गया था वो जाह्नवी के घर से।

''चलता हूँ माँ, अपना ध्यान रखना और हाँ, माँ और पापा से आप नहीं, मैं ख़ुद बात करूँगा; मैं अगले हफ़्ते घर जाऊँगा।''

''क्या! सच में समीर;'' कहकर नम आँखों से, आश्चर्य से गले लगा लिया जाह्नवी ने समीर को।

अनि, दूर खड़े मुस्करा रहे थे; वाक़िफ़ थे सारी परिस्थितियों से।

समीर को विदा करने के बाद बहुत हल्का था आज जाह्नवी का मन।

जाह्नवी को बहुत दिनों बाद गुनगुनाते हुए काम करते देख गीता ने पूछा, ''क्या बात है मेमसाब, बहुत खुश नज़र आ रहे हो।''

''हाँ गीता, मन से एक बहुत बड़ा बोझ उतर गया समझो।''

''क्या मतलब मेमसाहब...''

''तुम नहीं समझोगी।''

''हूँ... वैसे भी आपकी बातें मुझे कम ही समझ आती हैं।''

हँस पड़ी जाह्नवी, गीता की नासमझी पर। सोचने लगी, कभी-कभी नासमझ होना भी कितना अच्छा होता है न। काम से निपटने के बाद कुछ याद आ गया। जाह्नवी के कॉलेज में एक प्रोफेसर थी... दर्शनशास्त्र पढ़ाती थी... डॉ. सुधा।

एक बार जाह्नवी ने लेक्चर लेते वक़्त प्रश्न किया था, दर्शन की क्लास में... मैम! हर इंसान अपनी ज़िन्दगी अपनी तरह से जीता है; भौतिकवादी

भौतिक सुख भोगता है, अध्यात्मवादी, आध्यात्मिक सुख भोगता है; तो फिर फ़र्क़ क्या है? बेहतर क्या है? चार्वाक दर्शन ये कहता है कि "यावज्जीवेत सुखं जीवेत् ऋणं कृत्वा घृतं पिबेत" यानी जब तक जियो, सुख से जियो, कर्ज़ लेकर घी पियो...। वे इसी जीवन को जगत को सबसे अहम मानते हैं। जीवन जीने के असंख्य तरीके, बहुतेरे सत्य और अनगिनत पथ हमारे सामने हैं, तो फिर मैम... अंतर किस चीज़ का है; कैसा जीवन बेहतर है, कौन सा दृष्टिकोण सही है?

गुड क्वेश्चन जाह्नवी! जो तुम पूछ रही हो, उसका जवाब यही है कि अन्तर तो सिर्फ नज़रिए का ही है; आपके लिए आपका दृष्टिकोण मायने रखता है, किसी और के लिए उसका। दरअसल, जीवन एक व्यवस्था है; जड़ नहीं चेतन है, स्थिर नहीं चलायमान है... सतत परिवर्तनशील... इसका अपना एक जीवन दर्शन है। सनातन सत्य के कुछ मौलिक सूत्र हैं, जो यह दर्शाते हैं कि जीवन की गुणवत्ता, अर्थवत्ता किन बातों में है। ये मौलिक सूत्र कहीं भी मिल सकते हैं; हमारी जड़ों में, ग्रन्थों में, हमारी संस्कृति में, दादा नानी की कहानियों में, लोक नृत्यों में, लोक गीतों में। हम उन्हें कई बार समझ भी लेते हैं, ग्रहण भी कर लेते हैं, स्वीकार भी लेते हैं; तो भी कभी-कभी भटक भी जाते हैं और जब-जब भटक जाते हैं, जीवन नीरस लगने लग जाता है। जाह्नवी, तुम्हारे प्रश्न का जवाब यही हो सकता है कि जीवन जीने का वह रास्ता, जो आपके तन, मन आत्मा को सकारात्मक ऊर्जा से भर दे... जीवन का ऐसा रास्ता ही श्रेयस्कर है, जो मानव जीवन के लिए समाज के लिए सुखद हो, शुभमंगलकारी हो। दर्शन और जीवन की गुणवत्ता तभी है, जब हम उसमें उलझें नहीं, बल्कि इसके माध्यम से ज़िन्दगी की गुत्थियाँ सुलझाते हुए उत्तम जीवन जियें। ऐसा ही कभी कुछ कहीं पढ़ा भी था जाह्नवी ने।

सच ही तो कहा करती थीं जाह्नवी की मैम... नज़रिया ही तो होता है... सबकी अपनी-अपनी फिलॉसफी है।

"अनि, मैं सोच रही थी, काफी दिन हो गये, आज 'अपना घर' चलते हैं।"

''हाँ चलो, आज रविवार भी है, घर रहकर भी क्या करेंगे।''

''मैं कुछ फल वगैरह ले आता हूँ, तुम तैयार हो जाओ।''

''ठीक है।''

एक शान्त वातावरण में, हरे-भरे लहलहाते पेड़ों के बीच, खुली-खुली वादियों में, शहर से थोड़ी दूर, विशाल हवेलीनुमा घर बना हुआ था। गाड़ी जहाँ रोकी थी अनिकेत ने, वहीं से ठीक सामने की तरफ एक बड़ा सा बोर्ड लगा हुआ था, जिस पर बड़े-बड़े अक्षरों में 'अपना घर' लिखा हुआ था... जाह्नवी का ही दिया हुआ था ये नाम। सुबोध जी ने अपनी जीवन संध्या के वक्त जाह्नवी को ही सँभलवा दिया था ये मंदिरनुमा घर। कॉलेज के वक्त से ही समाजशास्त्र के प्रोफेसर रहे सुबोध जी ने जाह्नवी के मन में पलती समाज सेविका को पहचान लिया था।

''अब तुम्हें ही इसे सँभालना है जाह्नवी बेटा!'' आख़िरी वक्त पर कहे गये शब्द थे उनके।

''मैं... लेकिन मुझे तो कुछ भी नहीं आता सर, मैं कैसे सँभालूँगी ये सब, मुझे तो कुछ भी नहीं आता।''

''क्या नहीं आता बेटा; मैं जो कुछ भी तुम्हें सँभलवा रहा हूँ, उसे चलाने के लिए योग्यता नहीं, क़ाबिलियत चाहिए, इच्छाशक्ति चाहिए, संवेदनायें चाहिए, प्यार चाहिए, जो तुम्हारे अन्दर है... योग्यता और डिग्री वाले तो बहुत मिल जायेंगे मुझे, लेकिन जो जज़्बा मुझे चाहिए, मानवीय संवेदनाओं से लबरेज़, वो मैंने तुम्हारे अन्दर देखा है बेटा... तुम्हारा ये उपकार रहेगा मुझ पर बिटिया...।''

''नहीं, नहीं सर, ये क्या कह रहे हैं आप; ये जज़्बा आप ही का तो दिया हुआ है... मुझे ख़ुशी होगी, अगर मैं आपके किसी काम आऊँ तो; लेकिन मन में संशय है, अगर मैं यह ज़िम्मेदारी नहीं निभा पायी तो...''

''मुझे यक़ीन है तुम पर; बस ये जिम्मेदारी दिमाग़ से नहीं, दिल से निभाना।''

''चलें जाह्नवी! क्या सोचने लगी...।''

''कुछ नहीं, बस सुबोध जी की याद आ गयी।''

''हम्म... यहाँ की मिट्टी में उन्हीं की ख़ुशबू बसी हुई है जाह्नवी; उन्हीं के ख़ून पसीने से खड़ी हुई है ये इमारत... जाने कितनी दुआएँ मिलती होंगी उनके परिवार को।''

''चलो अन्दर चलते हैं।''

'हाँ।' ''बहुत सुकून मिलता है यहाँ आकर।'' बिल्डिंग के दोनों तरफ़ ख़ूबसूरत लॉन बने हुए थे। जाह्नवी ने ख़ुद की देख रेख में लाल गुलाबों के पौधे और चारों तरफ गुलमोहर के वृक्ष लगवाये थे। बीच में एक बड़ा सा पार्क था, जहाँ की नियमित देखभाल का जिम्मा गोपालदास जी का था। गोपालदास जी को भी उनके बेटे ने बोझ समझकर उन्हीं के घर से निकाल दिया था। सुबोध जी ने आश्रय दिया था उन्हें और बस तभी से यहीं के होकर रह गये थे।

जाह्नवी को देखते ही हाथ से पानी की बाल्टी छोड़कर दौड़ पड़े थे। ''कैसी हो बिटिया... बहुत दिन हुए, आयी नहीं; हमसे कोई नाराज़गी है क्या बिटिया, कोई ग़लती हुई क्या हमसे...''

''अरे अरे, नहीं-नहीं काका, कैसी बातें कर रहे हो; आप लोगों पर इतना भरोसा है, तभी तो निश्चिंत रहती हूँ।''

''कैसे हो अनिकेत बेटा?''

''अच्छा हूँ काका।''

''बग़ीचा तो बहुत सुन्दर खिला दिया है काका... सच में बहुत ही ख़ूबसूरत वातावरण है यहाँ का; जी करता है यहीं बस जाने का...''

''नहीं नहीं अनिकेत बेटा, ऐसा न कहो... भगवान न करे कभी आपको यहाँ रहने की नौबत आये; बस आप लोगों का यहाँ आना ही काफी है।

अन्दर जाओ बिटिया, हम आते हैं।''

अन्दर जाते ही सीधे हाथ की तरफ दो बड़े-बड़े कमरे थे, जहाँ खेलकूद के सामान थे, जहाँ इनडोर गेम्स खेले जाते थे। सभी की रुचि के अनुरूप अलग-अलग साधन मौजूद थे खेलकूद के। बाएँ हाथ की तरफ़ आगे जाकर बहुत से कमरे बने हुए थे। सबकी सुविधानुसार पलँग, कुर्सियाँ... ज़रूरत के सभी साधनों से युक्त। दोनों तरफ के बीच में एक बड़ा हॉल बना हुआ था, जहाँ एक विशाल डाइनिंग टेबल और उस पर क़रीने से सजे हुए बर्तन। कहीं भी एक मिट्टी की परत तक नहीं थी, साफ़-सफ़ाई का बहुत ध्यान रखा जाता था। जाह्नवी को अव्यवस्था, अनुशासनहीनता और गन्दगी से बहुत चिढ़ थी। बाहर की तरफ पार्क के अन्दर एक मंदिर बना हुआ था, जहाँ से निरन्तर घंटियों की मधुर ध्वनि निकलती रहती थी। मंदिर के ठीक सामने एक छोटा सा पुस्तकालय बना हुआ था; जाह्नवी का विशेष लगाव था उस लाइब्रेरी से। उसकी पसन्द के सारे उपन्यास थे वहाँ... वैसे भी सभी की रुचि का ध्यान रखा गया था उस लाइब्रेरी में। जाह्नवी जब भी वहाँ जाती थी, उस लाइब्रेरी में कुछ वक्त ज़रूर बिताती थी।

''कैसी हो बिटिया?''

जाह्नवी को वहाँ सभी इसी शब्द से सम्बोधित करते थे। पीछे मुड़कर देखा, दीनानाथ जी खड़े थे, अपनी शान्त निश्छल, चिर-परिचित मुस्कान के साथ।

''अच्छी हूँ दीनूदा, आप कैसे हैं... पहले से तो काफी स्वस्थ लग रहे हैं।'' (अदिश्री का दिया हुआ नाम था दीनूदा)

''हाँ बिटिया, ये सब तो तुम सबकी मेहरबानी है, नहीं तो मैं तो कब का...।

खैर छोड़ो, ये सब तो पुरानी बातें हैं... यहाँ आकर तो जैसे एक नया जन्म मिल गया... तुम बताओ बिटिया, बहुत दिनों बाद आयी हो; हमारी आदि कैसी है?''

''वो नहीं आयी दीनूदा, अपनी मौसी के यहाँ गयी है; अब जब

आऊँगी, तब ज़रूर आयेगी वो मेरे साथ; आपको याद करती है।

''आप लोगों को यहाँ कोई तकलीफ़ तो नहीं है न दीनू दा?'' (दीनानाथ जी यहाँ के जनप्रतिनिधि थे; किसी भी सदस्य को कोई भी तकलीफ़ या शिकायत होती, तो वो सब दीनानाथ जी के माध्यम से ही जाह्नवी तक पहुँचाते थे)

''नहीं-नहीं बिटिया, तकलीफ़ कैसी, ख़ूब आराम से हैं यहाँ पर हम सब।''

''दीनू दा, शुचि कहाँ है? दिखायी नहीं दे रही।''

''उसे पता नहीं है न कि तुम आयी हो, नहीं तो वह रुकती क्या।''

''मैं उसे भेजता हूँ, तुम बैठो यहाँ।''

लाइब्रेरी में बैठने वाले, उसकी देख-रेख करने वाले, मंदिर की देखरेख करने वाले पुजारी जी, वहाँ के कोषाध्यक्ष, बाग़बान, क्रीड़ाध्यक्ष, हर व्यवस्था के लिए जिम्मेदार, वहाँ के विभागानुसार अलग-अलग सदस्य कोई और नहीं, बल्कि वहीं रहने वाले अपना घर के ही सदस्य थे, कहीं कोई बाहर से लाया गया स्टाफ नहीं था। वहाँ रहने वाले प्रत्येक व्यक्ति को उसकी दक्षता एवं क़ाबिलियत के अनुसार कार्य सौंपा गया था। वहाँ का कोई भी सदस्य अपने काम में कोताही नहीं बरतता था।

''जाह्नवी दीदी...!''

जाह्नवी ने पलटकर देखा। शुचि, पागलों की तरह दौड़ती हुई लाइब्रेरी की तरफ़ आ रही थी।

''अरे अरे! गिरना है क्या, जरा सँभलकर।''

''कैसी हो दीदी?'', कहकर लिपट गयी शुचि, जाह्नवी से।

''अच्छी हूँ, तुम कैसी हो? बिल्कुल भी नहीं बदली; कब जायेगा ये बालपन तुम्हारा!''

''मैं आपसे नाराज़ हूँ, आपसे बात नहीं करूँगी बस।''

''हाँ भाई, आज सुबह से सबके मुँह से यही सुनने को मिल रहा है।'' अनिकेत ने शुचि का पक्ष लेते हुए कहा। ''मैं तो चला राकेश जी से बतियाने... तुम कर लो शिकायतें, जितनी भी करनी हैं अपनी दीदी से।''

''मैं कुछ व्यस्त थी शुचि, इसलिए नहीं आ पायी; तुम बताओ, यहाँ सब कैसा चल रहा है, किसी चीज़ की कोई कमी तो नहीं?''

शुचि एक बाल विधवा थी। अपना घर का सारा मैनेजमेंट वही देखती थी, बड़ी समझदार लड़की थी। अपनी छोटी सी ज़िन्दगी में हुई दुःखद घटना के बाद भी हिम्मत नहीं हारी थी उसने। सुबोध जी के दूर के रिश्ते में कुछ लगती थी; वे ही चहारदीवारी से बाहर निकालकर उसे यहाँ लाये थे। उसका भी मन लग जाता था और यहाँ रहकर वह अपनी पढ़ाई भी पूरी कर पा रही थी। सच में सुबोध जी के उपकारों की कोई गिनती ही नहीं थी। सभी लोगों से मिलकर जाह्नवी जब जाने को हुई, तो दीनानाथ जी के हाथ में सुन्दर सी गुड़िया थी, जो वेस्ट मेटेरियल से बनायी हुई थी शायद, लेकिन संकोच था उन्हें।

''क्या बात है दीनू दा... क्या छुपा रहे हैं पीछे, दिखाइये न!''

''बिटिया! अदि के लिए हमने एक गुड़िया बनायी थी; पता नहीं अदि को यह गुड़िया पसन्द आयेगी या नहीं, इसीलिए देने में संकोच है ज़रा।''

''अरे वाह! बहुत ही सुन्दर गुड़िया है दीनू दा, है न जाह्नवी?'' अनिकेत ने अचानक ही आकर उनके हाथ से गुड़िया ने ली।

''सच में बहुत ही सुन्दर है दीनू दा, अदि बहुत खुश होगी सच में।''

हँसी खुशी के माहौल में सारी ज़रूरी बातें करने के बाद जाह्नवी और अनिकेत ने सभी से विदा ली।

''बहुत अरसा तो नहीं हुआ है अनि, फिर भी यूँ लगता है जैसे अपना घर और यहाँ के लोगों से जन्मों से कोई रिश्ता है।'' घर लौटते वक्त जाह्नवी ने अनिकेत से कहा था।

''कुछ रिश्ते ऐसे ही होते हैं जाह्नवी, जिन्हें हम जन्मों जन्मों से जानते

आ रहे होते हैं; बस हर जन्म में उनसे अलग-अलग रूप में मिलते हैं।''

यहाँ से जाने के बाद समीर का कोई फोन नहीं आया। शायद समीर को जाह्नवी की कही गयी बातें चुभ गयी थीं। जाह्नवी भी समीर को ये सब कहना नहीं चाहती थी, लेकिन परिस्थितिवश उसके मुँह से निकल गया था। रह-रहकर उसे कुछ विचार सताते थे।

ख़ुश थी जाह्नवी अपनी ज़िन्दगी से; लेकिन कुछ तो था जो अधूरा सा था... क्या था...। उसके ख़्वाब थे, लेकिन पंख नहीं थे उसके ख़्वाबों में; जो करना चाहती थी, नहीं कर पा रही थी। क्या थे उसके ख़्वाब, क्यों नहीं थे पंख? किसी भी चीज़ की कमी नहीं थी उसके जीवन में... वो खुलकर स्वयं के ख़्वाबों के बारे में कभी बात भी तो नहीं करती थी अनिकेत से।

तो क्या अनिकेत का फ़र्ज़ नहीं बनता था जाह्नवी से उसके सपनों के बारे में पूछना... क्या चाहती है, क्या करना चाहती है, कैसे करना चाहती है।

लेकिन अनिकेत तो हमेशा जाह्नवी की इच्छा को ध्यान में रखते ही थे; बहुत ख़्याल रखते थे।

फिर...

अपने ख़्वाबों को पंख देने का काम किसी और को नहीं, बल्कि जाह्नवी को ही करना था। इंसान ख़ुद अपनी तक़दीर का निर्माता होता है, जिसमें भगवान उसकी मदद करते हैं... और फिर ख़्वाब थे भी क्या; एन.जी.ओ. से जुड़ने का ख़्वाब तो 'सुबोध जी' पूरा कर ही चुके थे।

जाह्नवी का ख़्वाब था उसका 'उपन्यास'।

साहित्य में रुचि थी... लिखती भी थी जाह्नवी; लेकिन वो सब कॉलेज के वक्त की बात थी। कॉलेज के वक्त तो अनिकेत भी दीवाने थे जाह्नवी की रचनाओं के; इन्हीं रचनाओं के माध्यम से ही तो दोनों ने ज़िन्दगी की आगे की राहें एक-दूसरे के साथ जोड़ ली थीं।

''अनि, हम शादी के बारे में सोचकर कोई जल्दबाजी तो नहीं कर

रहे...!''

''जल्दबाजी... मतलब... मैं कुछ समझा नहीं जाह्नवी।''

''मेरा मतलब यह है कि अभी मुझे बहुत कुछ करना है; तुम तो जानते ही हो, मुझे आगे पढ़ना है; मेरी बहुत-सी रचनाएँ अधूरी पड़ी हैं, उन्हें पूरा भी तो करूँगी न मैं... मेरी पी.एचड़ी.भी बाकी है और शादी के बाद तो जैसे इन सब पर विराम ही लग जायेगा।''

''ये तुमने कैसे सोच लिया जाह्नवी; मैं विराम लगने दूँगा क्या तुम्हारी इच्छाओं पर? तुम्हारे ख़्वाब मेरे नहीं हैं क्या... ऐसे कोई सपने नहीं हैं जाह्नवी तुम्हारे, जो मैं पूरे न कर सकूँ।''

''वो सब तो ठीक है अनि, लेकिन शादी के बाद परिस्थितियाँ बदल जाती हैं, ज़िम्मेदारियाँ बढ़ जाती हैं; हर वक्त अपने सपनों की ही बात नहीं कर सकते हैं; शादी के बाद और भी बहुत से रिश्ते निभाने पड़ते हैं।''

''ये सब तो शादी से पहले भी होता है न जाह्नवी; जिम्मेदारियाँ नहीं होतीं इंसान की, या रिश्ते नहीं निभाने होते; क्या नहीं होता?''

''फिर भी, शादी से पहले हम बाध्य नहीं होते हैं; जिम्मेदारी कम, मर्ज़ी ज़्यादा होती है... करें तो भी ठीक, न करें तो भी कोई कहने वाला नहीं अनि। लेखक बनना मेरा सपना है; शोहरत और पहचान की लालसा नहीं है मुझे, लेकिन लिखना मेरा शौक़ है; मेरा उपन्यास पूरा करना है मुझे; मेरी भावनाएँ जुड़ी हैं उससे... ये तुम नहीं समझोगे अनि।''

''मैं सब समझता हूँ जाह्नवी... और मैं शादी का फैसला भावावेग में आकर नहीं ले रहा; मैं बस ये चाहता हूँ कि हम जीवन की राहों पर साथ-साथ चलें।''

''हाँ तो मैं भी यही चाहती हूँ अनि, लेकिन ये अगर कुछ समय बाद हो, तो हर्ज़ ही क्या है; होना तो है ही, आज नहीं तो कल, क्या फ़र्क पड़ता है; वैसे भी शादी के बाद सपने कैसे टूटते हैं, ये देखा है मैंने... मेरी माँ के सपने, जिन्हें मेरे पिताजी ने कभी समझा ही नहीं; ये और बात है कि उन्होंने ख़ुद के किसी भी सपने पर आँच तक नहीं आने दी। सिर्फ साँस लेते रहने

और अपने हर फ़र्ज को चुपचाप निभाते चले जाने को ही तो ज़िन्दगी जीना नहीं कहते न।''

''तुम्हारी माँ की बात अलग है जाह्नवी; उन्होंने तो स्वयं ही कभी गलत बात पर विरोध तक दर्ज नहीं कराया; इंसान को स्वयं के अधिकारों के लिए ख़ुद ही लड़ना पड़ता है और फिर अब ज़माना बदल गया है; नारी शिक्षा के साथ नारियों के वैयक्तिक उत्थान में भी वृद्धि हुई है... उन्होंने समाज में, दुनिया में अपनी एक अलग ही पहचान कायम की है; आज का युवा भी उनके साथ क़दमताल करने में असहजता या द्वेष, ईर्ष्या नहीं, बल्कि गर्व अनुभव करता है।''

''नहीं अनि, ज़माना अभी भी वहीं का वहीं है; पुरुष जाति की सोच न तो बदली है, न कभी बदलेगी।''

''तुम किसी एक पुरुष की सोच का सामान्यीकरण, सम्पूर्ण पुरुष जाति के लिए कैसे कर सकती हो जाह्नवी? ज़रूरी तो नहीं जैसे तुम्हारे पिता ने किया, वैसा सभी पुरुष करते हों; ये तो बहुत ही अपरिपक्व सोच है जाह्नवी।''

''बोलने में अच्छी लगती हैं ये बातें अनि, प्रेक्टिकली ये सच नहीं हैं; तुम अपने आस पास भी तो देख सकते हो, कहीं भी कुछ भी बदला है क्या, नारियों पर हो रहे अत्याचारों मे कोई कमी आयी है क्या; बल्कि दिन प्रतिदिन बढ़ोत्तरी ही हो रही है... पुरुष का अहम्, महिलाओं को आगे बढ़ते देख ही नहीं सकता।''

''तुम मुद्दे से भटक रही हो जाह्नवी।''

''क्यों, नहीं सुना जा रहा है; सिर्फ इसीलिए न, क्योंकि तुम भी एक पुरुष हो।''

ओह हो, क्या मुसीबत है... यहाँ बात तुम्हारे सपनों की हो रही है या दुनिया में महिलाओं पर हो रहे अत्याचारों की; उन सबके लिए मैं ज़िम्मेदार हूँ क्या।''

''लेकिन पुरुष तो हो न!''

''तो पुरुष होना कोई गुनाह है क्या... ओ हो जाह्नवी, प्लीज! सारी दुनिया का बोझ लेकर क्यों घूमती हो तुम... तुम्हारे चाहने या न चाहने से क्या होगा; जिसको जो करना है, वो तो वही करेगा न। देखो, समझो मेरी बात को... जब हम किसी से प्यार करते हैं तो उस पर विश्वास भी तो करते हैं न... अब तुम ऐसी बातें करके मुझ पर अविश्वास ही तो जता रही हो न; इसका मतलब तुम मुझसे प्यार नहीं करती।''

''मैं ये कब कह रही हूँ अनि; प्यार का तो मतलब ही मैंने तुमसे सीखा है... मेरी तकलीफ़ों में जितना साथ तुमने दिया है, उतना तो कोई और दे भी नहीं सकता था अनि; मैं बस तुमसे कुछ वक्त ही तो माँग रही हूँ न।''

''मैंने अब अपनी जिन्दगी तुम्हारे साथ ही सोच ली है जाह्नवी; तुम मुझे निराश कर रही हो। मैं तो जैसे हँसना ही भूल गया था मम्मी-पापा के इस दुनिया से चले जाने के बाद, अगर अनिमेष भैया ने न सँभाला होता। कॉलेज में भी कभी पढ़ाई से ज़्यादा और किसी से वास्ता नहीं रखा; अपनी दुनिया में ही खोया रहता था मैं। मेरा दोस्त ज़बरदस्ती खींचकर लाया था मुझे कॉलेज के वार्षिक उत्सव के समारोह में... अभिभूत हो गया था जाह्नवी तुम्हारा नृत्य देखकर... सब याद है मुझे; तुम्हें अपनी जीवन संगिनी बनाने का ख़्याल आ चुका था मेरे मन में। आज तक वही ख़्वाब संजोये हुए बैठा हूँ; अब जब मुझे नौकरी भी मिल गयी है, तो तुम न जाने क्यों...''

उदास हो गया अनिकेत।

जाह्नवी ये तो कभी देख ही नहीं सकती थी।

''मैंने भी कभी तुम्हारे सिवा किसी और के साथ जीवन के बारे में सोचा तक नहीं हैं अनि; बस, यही ख़याल बार-बार आता है कि कहीं माँ की तरह मेरे सपने भी अधूरे न रह जाएँ।''

''नहीं रहेंगे जाह्नवी, मैं वादा करता हूँ, बस शादी के लिए हाँ कर दो।'' बच्चों की तरह ज़िद पर अड़ गये थे अनिकेत। मना नहीं कर सकी थी जाह्नवी।

''मेमसाहब! बाहर दरवाजे पर कोई है।''

'ओह।'

बाहर अनिकेत खड़े थे। ''कहाँ हो भाई, मैं कब से घंटी बजा रहा हूँ।''

''अतीत की तन्द्रा से जगा दिया था गीता की आवाज़ ने।''

''आज तुम ऑफिस से जल्दी आ गयी थीं क्या?''

''हाँ, तबियत कुछ ठीक नहीं लग रही थी, इसलिए बस यूँ ही''

''अरे क्या हुआ, मुझे बताया क्यों नहीं!''

''न-न यूँ ही बस।''

''तुम बताओ क्या बनवाऊँ; गीता भी बस अभी आई ही है।''

''कुछ भी।''

''हम्म ठीक है, देखती हूँ।''

''जाह्नवी! मैं सोच रहा था, काफी दिन हो गये कहीं घूमने चलते हैं।''

''नहीं अनि, मन नहीं है।''

'क्यों...'

''नहीं, कुछ ख़ास नहीं, वैसे भी मेरे पास अभी छुट्टियाँ भी नहीं हैं।''

''चलते हैं न, बहुत दिन हो गये हैं... कुछ चेंज भी हो जायेगा।''

''और कितना चेंज होना बाक़ी है अनि...''

''क्या मतलब?''

''नहीं... कुछ नहीं।''

''कोई शिकायत है तुम्हें मुझसे; आज कुछ बदली-बदली सी लग रही हो!''

''शिकायत? वो क्या होती है अनि, मैं तो भूल ही गयी थी।''

''क्या बात है जाह्नवी; कोई बात हुई है क्या।''

''कुछ नहीं।''

दो शब्द कहकर जाह्नवी, रीडिंग रूम में चली गयी।

क्या अनिकेत से सच में ही कोई शिकायत नहीं थी या शिकायत करना ही भूल गयी थी जाह्नवी; क्या अनिकेत भूल गये कि कुछ वादे किये थे उन्होंने जाह्नवी से, शादी से पहले... अगर भूल भी गये हैं तो क्या जाह्नवी का फ़र्ज़ नहीं बनता कि वो उन्हें याद दिला दे।

''क्यों, मैं क्यों याद दिलाऊँ; शादी करने की जबरदस्ती मैंने की थी क्या; अगर वादे पूरे नहीं कर सकते थे तो किये ही क्यों?''

''शादी के बाद ज़िन्दगी बदल भी तो जाती है।''

''तभी तो मैंने कहा था कि इतनी जल्दी क्या है शादी की; रह गये न ख़्वाब अधूरे।''

''लोग अपने सपनों को पूरा करते हैं।''

''नहीं, जिम्मेदारियों के बोझ से इंसान दबता ही चला जाता है; बदल जाती हैं जिन्दगी की प्राथमिकताएँ।''

''तो इसका मतलब यह हुआ कि इस दुनिया में जो भी शादीशुदा लोग हैं, उनके ख़्वाब अधूरे ही रह जाते हैं।''

''हाँ, शायद।''

''जाह्नवी...! सुन रही हो... जाह्नवी...! गीता कब से आवाज लगा रही है, कहाँ खोई हो।''

अनिकेत की आवाज से जाह्नवी का ख़ुद से ही अन्तरआत्मा में चल रहा वाद-विवाद टूटा। जाह्नवी की ख़ासियत थी, सामने वाले से वाद-विवाद करने से पहले वह स्वयं से जूझ लेती थी। हर वो पहलू, जो सामने वाला इंसान अपने पक्ष में रख सकता है, वह उसका भी तोड़ निकाल लेती थी। लेकिन यही एक चीज़ थी, जहाँ वह असमंजस में थी कि अनिकेत से

इस बारे में बात करे या न करे।

''गीता, तुमने कभी कोई ख़्वाब देखा है!''

''खाब... मतलब?''

''खाब नहीं ख़्वाब; अरे मतलब तुमने कभी कोई सपना देखा है?''

''हाँ, मुझे तो रोज़ रात को सोते ही सपने आने लगते हैं मेमसाहब।''

''अरे बाबा, मेरा मतलब है तुम्हारी ज़िन्दगी का कभी कोई सपना रहा है; कोई ऐसी इच्छा जो पूरी न हुई हो।''

''क्या मेम साहब, इच्छा भी कभी कोई एक होती है क्या; मेरी तो बहुत सी है।''

'जैसे'

''जैसे कि मेरे पास खूब पैसा हो, एक फ्रिज हो, कलर टीबी हो।''

''टी.बी. नहीं टी.वी.'' कहकर हँस पड़ी जाह्नवी, गीता के मासूम अज्ञान पर।

'और...!'

''और... हाँ, और तो बस यही मेमसाहब कि मेरा मरद मुझे मारे नहीं, मेरे साथ बैठकर खाना खाये; हम साथ में कहीं घूमने जायें, मेरी बेटियों का ब्याह अच्छे घर में हो जाये, मेरे बेटे की नौकरी लग जाए और...''

गीता की इच्छाएँ खत्म ही नहीं हो रही थीं; लेकिन जाह्नवी ने तो गीता से उसका ख़्वाब पूछा था, इच्छाएँ नहीं।

क्या उसे ख़्वाब और इच्छा के बीच का अन्तर नहीं पता, या जाह्नवी को नहीं पता।

इच्छायें और सपने, हर व्यक्ति के लिए अलग-अलग मायने रखते हैं। किसी के लिए तो उसकी मामूली ज़रूरतें पूरी होना ही उसके ख़्वाब हैं और किसी के लिए ज़रूरतें पूरी होने के बाद की स्थिति उसके ख़्वाब हैं, उसके

सपने हैं। सोते वक्त देखे हुए ख़्वाब और जागती आँखों से देखे हुए ख़्वाबों में बहुत अन्तर होता है... दोनों की प्रकृति में भी अन्तर होता है; यही अन्तर शायद गीता और जाह्नवी के ख़्वाबों में भी था।

इच्छायें पूरी हो जाने के बाद ख़्वाब देखना क्या किसी तरह का लालच है या ये ठीक उसी तरह का क्रम है कि प्राथमिक ज्ञान के बाद उसके उत्तरोत्तर विकास की प्रक्रिया... और फिर हर इंसान का जीवन भी तो एक जैसा नहीं होता; सब की प्राथमिकताएँ अलग-अलग होती हैं, परिस्थितियाँ अलग-अलग होती हैं। जाह्नवी के ख़्वाब तो शायद इच्छाओं से भी छोटे हो गये वक्त के साथ-साथ... लेकिन जाह्नवी के अन्तरमन में ये ख़्वाब कभी भी अपनी उत्तेजना के बिन्दु से हिले नहीं थे; हाँ इतना अवश्य था कि इन ख़्वाबों की विचार प्रक्रिया में कभी-कभी यकायक तीव्र उबाल आ जाता था तो कभी-कभी स्वतः ठहराव भी आ जाता था। किन्तु एक बात थी कि ये ख़्वाब थे ज़रूर।'' जीवन जीने की ललक, इंसान को ख़्वाब देखने के लिए प्रेरित करती है। जीवन जीने के लिए है, ढोने के लिए नहीं... और फिर ख़्वाबों बिना कैसा जीवन।

नॉर्मन ने कहा है, ''जीवन की त्रासदी मौत में नहीं है, परन्तु जीते जी अपने अन्तर्मन को मारने में है।'' सिर्फ ज़िन्दा रहने में और वास्तव में जीवन जीने में बहुत फ़र्क़ है; मनुष्य को अपने सर्वोच्च गुणों को पूर्ण सामर्थ्य के साथ उपयोग करना चाहिए।

मोन्टेस्क्यू ने भी लिखा था, ''सबसे बड़ी मानवीय हार उस बात पर निर्भर करती है कि आप क्या बनने के लायक थे, परन्तु वास्तविकता में क्या बन गए।''

जाह्नवी को बहुत प्यार था अपने ख़्वाबों से; साथ ही उसे यह भी पता था कि इंसान को स्वयं तय करना होता है कि उसकी महत्वाकांक्षाएँ क्या हैं, उसके सपने क्या हैं। उसे अपना रास्ता स्वयं बनाना होता है। अपने ख़्वाबों को पूरा करने के लिए अनिकेत की हाँ या न, सहयोग या असहयोग की ज़रूरत ही नहीं थी। जाह्नवी को याद आ गयीं रामधारी सिंह 'दिनकर' जी की पँक्तियाँ:-

''स्याही देखता हूँ, देखता हूँ यूँ अँधेरे को,
किरण को घेरकर छाए हुए विकराल घेरे को।
उसे भी देख, जो इस बाहरी तम को बहा सकती
दबी तेरे लहू में रोशनी की धार है साथी।
उसे भी देख जो भीतर भरा अंगार है साथी।''

इंसान अपने ख़्वाबों के सफल होने की इबारत स्वयं ही लिखता है। ख़्वाब कभी बूढ़े नहीं होते, ये तो दिन-ब-दिन और जवान होते चले जाते हैं। जाह्नवी को अपने जीवन पर मलाल नहीं करना था। अपने हुनर के लिए 'था' शब्द पसन्द नहीं था। उसने कभी स्वयं को ही केन्द्र में रखकर नहीं सोचा था; उसने अनिकेत के साथ ही अपने ख़्वाबों को पूरा करना चाहा था। अक्सर लोगों को पता नहीं होता कि जीवन के महान लक्ष्य या ख़्वाब, ख़ुद को केन्द्र में रखकर नहीं हासिल किया जाते। महान लक्ष्यों के केन्द्र में सदैव प्रेम ही अखण्ड रोशनी बनकर पथ-प्रदर्शन करता है। जाह्नवी, अनिकेत के प्रति अथाह प्रेम के लिए कभी भी अफ़सोस करना नहीं चाहती थी। प्रेम में त्याग करना कोई बहुत बड़ी बात है भी नहीं; फिर अनिकेत ने भी ऐसा कोई त्याग या समझौता जाह्नवी से करवाया भी नहीं था; बस परिस्थितिवश ख़्वाबों के पूरे होने में वक्त लग ही गया था।

इंसान को अपनी महत्त्वाकांक्षाओं, अपने ख़्वाबों को पोषण देते रहना चाहिए; ये ज़रूरी भी है; बस किसी भी चीज के पूरा होने के लिए जरूरी है जुनून... यदि जुनून है तो रास्ता तो ढूँढ़ा ही जा सकता है।

आज जाह्नवी का जी चाहा कि समीर से बात करे, लेकिन पता नहीं क्या सोचकर नहीं कर पा रही थी। शायद समीर को थोड़ा वक्त देना चाह रही थी कि वो अपनी ज़िन्दगी के इतने बड़े फैसले को ख़ुद ही ले अपने विवेक से।

जाह्नवी को जब भी विचारों के द्वन्द्व से दो चार होना पड़ता था, तब उसकी पसंदीदा जगह होती थी उसका लॉन। कॉफी का कप उठाते ही जाह्नवी की नज़र, सामने वाले घर पर जा लगी, जहाँ पर दो ही लोगों का रैन बसेरा था... एक बुजुर्ग दंपत्ति। सभी उन्हें दादा दादी कहकर बुलाते थे।

बहुत ज़्यादा तो नहीं, लेकिन हाँ, ठीक ठाक सी जान पहचान तो थी जाह्नवी और उनके बीच। उनके दो बेटे थे, दोनों ही अपनी-अपनी पत्नियों के साथ दूसरे शहर मे रहते थे। दादाजी आर्मी से रिटायर्ड थे। स्वाभिमान और जीवन से मरते दम तक जूझने का जज़्बा कूट-कूट के भरा था। ताउम्र सिर उठाके जीने वाले दादाजी को उम्र के इस पड़ाव पर अपने बेटों बहुओं की दुत्कार भरी आवाज़ें गवारा न थीं। पाल सकते थे वे स्वयं को एवं अपनी पत्नी को। आर्मी में रहते हुए जहाँ लोगों के जीवन की रक्षा की ताउम्र, तो अब ख़ुद की और दादी की रक्षा करना कौन सी बड़ी बात थी।

कभी कभार शाम को या छुट्टी वाले दिन चली जाती थी जाह्नवी, दादी के पास। दादी में आज भी बहुत फुर्ती थी। सच में पुराने लोग बहुत ही कर्मठ हुआ करते थे।

कॉफी ख़त्म करते ही जाह्नवी चल पड़ी दादी के पास।

''कौन? जाह्नवी बेटा... ओह!''

''क्या हुआ दादी, ये ओह क्यों मुझे देखते ही।''

''अरी नहीं, बस अभी कैप्टन साब से तेरी ही कह रही थी।''

दादी, दादाजी को बस इसी नाम से बुलाती थीं- कैप्टन साब। वैसे दादी उस ज़माने की भी काफी पढ़ी लिखी थीं, लेकिन अपने पिता और फिर बाद में ससुर की रूढ़िवादी सोच की वजह से नौकरी नहीं कर पायी थीं, लेकिन दादा जी के साथ बहुत ही संतोषजनक सुखी जीवन व्यतीत किया था उन्होंने। कोई शिकायत नहीं थी उन्हें किसी से भी। खुशी-खुशी जीवन बीत रहा था दादा-दादी और उनके दोनों बेटों का। दादाजी के पास धन दौलत की कोई कमी नहीं थी... अपने दोनों बेटों को खूब पढ़ाया लिखाया है, ख़्वाहिश पूरी की, अपनी तरफ से हर सुख दिया।

सही वक्त पर अच्छे रिश्ते आने पर काफी धूमधाम से ब्याह भी कर दिया बेटों का। शुरूआत में सब कुछ ठीक-ठाक चलता रहा। आस-पास के सभी लोग मिसाल देते थे ऐसे परिवार की, ऐसे बेटों की, बहुओं की। हँसी खुशी बीत रहा था जीवन सभी का। सास बहू का रिश्ता सास-बहू जैसा न

होकर माँ-बेटियाँ जैसा था; उससे भी कहीं अधिक दोस्तों जैसा था। न जाने ये सब एक दिखावा था या अति हर चीज़ की बुरी होती है की तर्ज़ पर नज़र लग गयी थी इस खुशहाल परिवार को।

कभी दादाजी की अनुशासनात्मक जीवन शैली को घुटन का नाम दे दिया जाता, तो कभी दादी को मनमर्ज़ी की मालकिन।

अब तो आदत सी हो गयी थी आस-पास के सभी घरों में दादाजी के घर से आती कड़वाहट भरी आवाज़ों की। दादी तो फिर भी सहन कर जाती थीं, किन्तु दादाजी से ग़लत बात और ऊँची आवाज बर्दाश्त नहीं होती थी। दादाजी आर्मी से थे; उन्होंने आजीवन एक व्यवस्थित अनुशासन से परिपूर्ण ज़िन्दगी जी थी; बेटे भी अनुशासित ही थे, किन्तु बहुओं को अपने-अपने पतियों का यूँ अपने पिता का अनुगामी बनना गवारा नहीं हुआ। शायद ये भी था कि एक पीढ़ी के अन्तर को दादाजी समझ नहीं पाये और फिर वैचारिक द्वेष, पारिवारिक द्वेष में परिवर्तित होने में देर नहीं लगी और सब अपने-अपने रास्ते चल दिये।

कभी-कभी ये समझने में वक्त लग जाता है कि वैचारिक द्वन्द्वों का समाधान, जीवन की राहें अलग कर देने से नहीं, बल्कि उन्हीं राहों पर थोड़ा आगे-पीछे चलने से भी हो सकता है।

'जाह्नवी...!'

''हाँ दादा...''

''चाय पियोगी?''

''हाँ पियूँगी तो ज़रूर, लेकिन मैं बनाऊँगी।''

''हाँ जानती हूँ, हमेशा यही तो करती है तू।''

दादाजी बाहर टहलने चले गये मंदिर तक। जाह्नवी, दादी के पास बैठकर बतियाने लगी। जाह्नवी को दादी की बातों में खो जाना अच्छा लगता था। बुज़ुर्गों के चेहरे की झुर्रियों पर सदियों का फेरा होता है, जिसमें तमाम उम्र के अनुभव, सिलवटों के रूप में सिमटे हुए होते हैं। एक उम्र के बाद

चेहरे पर शान्ति की लकीरें उभर आती हैं... न तनाव, न शिकन या शिकायत... बस शान्त, स्थिर, दृढ़ चेहरा।

''दादी आपसे एक बात पूछ सकती हूँ?''

''हाँ-हाँ पूछो जाह्नवी।''

''दादी आपने कभी कोई ख़्वाब देखा है?''

'ख़्वाब?'

''हाँ ख़्वाब; आपका कभी कोई सपना रहा है, जो अपने शादी से पहले देखा हो और कभी पूरा ही न हुआ हो।''

हँस पड़ी थीं दादी, ''आज अचानक ऐसा प्रश्न क्यों पूछ रही हो बेटा?''

''आप पहले बताइये तो।''

''ख़्वाब... हम्म'' लम्बी साँस भरते हुए दादी बोलीं, ''तुम जानती तो हो ही जाह्नवी; हमारे ज़माने में तो फैसले सुनाये जाते थे, जो अटल होते थे... बस एक लकीर बना दी जाती थी कि इसी पर चलना है; ख़्वाहिशें, इच्छायें, सपने, आकांक्षाएँ... इन सब शब्दों के सिर्फ अर्थ मालूम थे, मायने नहीं। हमें इजाज़त नहीं होती थी कि हम इन शब्दों के मायने समझकर इन पर ग़ौर करें या इनसे ज़्यादा परिचित भी हों।''

''फिर भी दादी... इजाज़त न मिलना अलग बात है, ख़्वाब तो मन में पलते हैं न; फिर किसी की इजाज़त मिले न मिले, इन्हें उड़ान भरने से कौन रोक सकता है भला।''

''नहीं जाह्नवी, सपनों के मायने वहाँ क्या मतलब रखेगें, जहाँ इन्हें उठने से पहले ही दबा दिया जाये। एक ही तरीक़ा होता था कि बस जो पिता ने कह दिया वही सही है, जो पति ने कह दिया वही सही है; जो बेटे ने कह दिया वही सही है। इन्हीं चीजों में उलझकर रह गयी ज़िन्दगी। ख़्वाबों की तो बात ही कहाँ; हाँ, इच्छायें बहुत थीं; बहुत सी पूरी भी हो गयीं, कुछ अधूरी भी रह गयीं... लेकिन, आज अचानक तुम ये सब क्यों पूछ रही हो

जाह्नवी?''

"नहीं दादी बस यूँ ही... अच्छा दादी एक बात बताओ, ख़्वाब देखना कोई बुरी बात तो नहीं है न!"

"नहीं... किसने कहा; उसमें बुरा क्या है, बल्कि ख़्वाब तो होने ही चाहिए; इसी से पता चलता है कि आप किसी मक़सद के लिए जी रहे हो, नहीं तो जीवन के मायने क्या रह जायेंगे। हाँ ये अलग बात है कि ख़्वाबों के रूप सबके लिए अलग-अलग हो सकते हैं; वैसे तुम्हारे क्या ख़्वाब हैं बेटा।"

"मेरे... मेरे तो बस यूँ ही दादी, कुछ ख़ास नहीं।"

"हम्म... अब मुझ बुढ़िया को समझाओगी बेटा; लेकिन एक नसीहत दूँगी; बेटा ख़्वाबों का पालते रहो, ये पूरे ज़रूर होंगे।"

"लेकिन दादी, कभी-कभी जीवन में ज़िम्मेदारियों का निर्वाह करते-करते अपने ख़्वाबों की कुर्बानी देनी पड़ी तो?"

"नहीं, कुर्बानी किस बात की जाह्नवी; ज़िम्मेदारियाँ कभी भी आपकी इच्छाओं में या सपनों में बाधक नहीं बन सकतीं; ये तो जीवनपथ पर आने वाले अध्याय हैं, इन्हें एक-दूसरे के लिए बाधाएँ समझने की भूल मत करो। इन ज़िम्मेदारियों के बिना तो जीवन नीरस सा ही हो जाएगा न। चुनौतियों के बिना जीवन कितना बोझिल सा होगा; ज़िन्दगी की राहें कभी समतल नहीं हो सकतीं, इसमें हर दूसरे क़दम पर उतार चढ़ाव आते हैं, लेकिन उनकी वजह से अपने आपको उन्हीं के लिए समर्पित कर देना ग़लत है। जीवन पुंज बहुत सी चीजों से मिलकर बना है... सुख दुःख, आशा निराशा, आजादी परतंत्रता, मर्ज़ी-नामर्ज़ी, बेपरवाही ज़िम्मेदारी, हँसी-उदासी, आँसू-मुस्कान।

जीवन की कोई भी कड़ी कभी भी निरपेक्ष नहीं होती जाह्नवी; सभी सापेक्ष हैं... एक के परिप्रेक्ष्य में ही दूसरे के मायने समझे जा सकते हैं।"

"लेकिन दादी, इच्छाओं का दमन भी तो हो सकता है; ख़्वाब धूमिल भी तो पड़ सकते हैं।"

"हाँ, पड़ सकते हैं, लेकिन तब, जब हम स्वयं चाहें।"

"मन के हारे हार है मन के जीते जीत... जानती हो न बेटा... दुनिया की कोई भी ताक़त, कोई भी परिस्थिति आपको तब तक नहीं हरा सकती, जब तक आप स्वयं हार न मान लें।"

लेकिन परिस्थितियाँ भी तो अपनी भूमिका निष्ठुरता से निभाती हैं न दादी और फिर ये तो इंसान के बस में ही नहीं होतीं।"

"हाँ, माना कि नहीं होतीं इंसान के बस में, लेकिन क्या इंसान परिस्थितयों का ही मोहताज भर है; क्या वह सिर्फ ऐसी परिस्थितियों के आगे समर्पण करने के लिए ही जी रहा है... अगर ऐसा होता तो किसी के भी ख़्वाब कभी भी पूरे नहीं होते, क्योंकि जो लोग अपने ख़्वाबों को पूरा करते हैं, उनका जीवन भी समतल नहीं होता है; उनके साथ होती है बस अनंत अपार अथाह उम्मीदें; अपने सपनों को यथार्थ में पा जाने की। जो लोग अपने सपनों को पूरा करते हैं, उनका जीवन भी समतल नहीं होता है; उनके साथ होती हैं बस अनंत अपार अथाह उम्मीदें, अपने सपनों को यथार्थ में पा जाने की। जो लोग अपने सपनों को पूरा करते हैं, उन्हें ईश्वर दो ज़िन्दगी नहीं देते; उन्हें भी एक ही देते हैं जाह्नवी... हाँ, लेकिन स्वयं की इच्छा-शक्ति ही जवाब देने लग जाये तो ईश्वर भी कुछ नहीं कर सकता।" जाह्नवी सोचने लगी, इच्छाशक्ति की तो कमी उसमें भी नहीं; हाँ, लेकिन दादी की बातों ने जैसे सुषुप्तावस्था से बाहर लाने का सार्थक काम किया था।

"देखो जाह्नवी, जीवन तो अपनी रफ्तार से ही चलता है और चलता भी रहेगा; परिपक्वता तो इसी बात में होती है कि हम भी उसकी रफ़्तार के साथ चलें, उसकी नब्ज़ को पकड़ें। अगर आप जीवन से होड़ लगायेंगे, तो उलझेंगे ही न... जीवन को मन्थर गति से चलने दो जाह्नवी और अपनी गति भी चलते रहने दो; जो चाहो वो करो, लेकिन उलझो मत।"

कभी-कभी आन्तरिक रूप से प्रेरित व्यक्तियों को भी बाहरी प्रेरक की ज़रूरत पड़ ही जाती है। जाह्नवी के लिए ये काम दादी ने किया। दादी के यहाँ से आने के बाद जाह्नवी में एक बार फिर से अपने ख़्वाबों के प्रति ऊर्जा

भर गयी थी।

घर के पीछे ही बने बग़ीचे में, सुबह उठते ही जाह्नवी टहलने जाती थी। कभी मुश्किल से ही चूकती थी जाह्नवी अपने इस नियम से। उसे पसंद था उगते हुए सूरज को देखना। कितना अप्रतिम होता है न सूर्योदय का मनोरम दृश्य... कितनी ऊर्जा से परिपूर्ण, लाल रंग या नारंगी, उससे निकलती किरणें एक अद्भुत चित्र बनाती हैं। पक्षियों का कलरव, चारों तरफ़ खिलखिलाते हुए सुन्दर फूल, मंदिर में बजती घंटियों की मधुर आवाज़, वहीं खेलते बच्चे, उनकी मासूमियत भरी और ग़ैर इरादतन लड़ाई... सभी कुछ कितना मनमोहक होता है न। जाह्नवी यही सोचकर अपनी सुबह की शुरूआत वहीं से करती थी। दुनिया में कितना कुछ है जो ख़ूबसूरत है, मनभावन है; ईश्वर ने सभी कुछ कितनी ख़ूबसूरती से गढ़ा है। जितना शुक्रिया अदा किया जाए इस सुन्दर, अद्भुत आश्चर्यजनक प्रकृति का, उतना ही कम है; फिर भी मनुष्य का ध्यान भटक ही जाता है और इस मासूम प्रकृति का विनाश तक करने में हिचकिचाता तक नहीं... क्यों काटता है वह वृक्षों को, जहाँ से उसे प्राणवायु मिलती है। जाह्नवी, प्रकृति-प्रेमी थी... खुद के घर में भी एक सुन्दर बग़ीचा बना रखा था, जहाँ बैठकर सुकून से पल गुज़ारा करती थी वह।

मानव मन, समुद्र में स्थित बर्फ की शिला की तरह ही तो होता है... बाहर जो दिखता है, वह तो एक आवरण मात्र है; कह नहीं सकते जो बाहर है वह सच है, या जो भीतर है वह। बाहरी प्रेम, भीतरी प्रेम से भिन्न होता है। अवचेतन मन को परिभाषित करना कठिन है, समझना भी कठिन है। बाहरी आवरण तो उसका एक चौथाई हिस्सा मात्र है... भीतर जो तीन चौथाई भाग है, बहुत ही असंतुलित है। पंख लगे हुए हैं मानव मन को... शरीर कहीं भी उपस्थित हो, मन को कहीं भी उड़ने में ज़रा भी देर नहीं लगती। समीर को गए हुए काफी दिन हो गये थे; जाह्नवी को इंतजार था उसके एक फोन का लेकिन...

बहुत दिन हो चुके, समीर का कोई फोन नहीं आया। बात करे बिना रह तो नहीं सकता वह। शायद जाह्नवी की कही अन्तिम बात चुभ गयी थी उसे। लेकिन जाह्नवी को अफ़सोस नहीं था और होता भी क्यों? समीर को

उसकी ग़लती का अहसास करवाना ज़रूरी था। अच्छा बच्चा है समीर; समझता है हर बात... यकीन था जाह्नवी को कि उसकी कही बातों का कोई अन्यथा मतलब न निकालकर वही मतलब निकालेगा वह, जो कि उसकी बहन समझाना चाहती थी उसे। जीवन अजीब है; तल्ख़ बातें जाने क्यों सिखाना चाहता है मानव मन को और उस पर ग़ज़ब ये कि सिखा ही जाती है, येन केन प्रकारेण।

कुछ दिनों से जाह्नवी को बस यही ख़याल आ रहा था कि वह अपनी नौकरी छोड़ दे, क्योंकि वह अपना पूरा ध्यान 'अपनाघर' पर नहीं दे पा रही थी। अफ़सोस की बात है 'अपनाघर' में सदस्यों की संख्या दिन प्रतिदिन बढ़ती ही जा रही थी।

लेकिन इस बार जाह्नवी का ध्यान शुचि की तरफ ही था; उसी के बारे में सोच रही थी वह। शुचि का जीवन आर्थिक रूप से तो सुरक्षित कर दिया था, किन्तु जीवन का सुरक्षित होना सिर्फ आर्थिक स्थिति पर ही तो निर्भर नहीं करता था... उसके आगे के जीवन का क्या।

हालाँकि शुचि कह चुकी थी, उसे दूसरे विवाह के बारे में सोचना तक पसन्द नहीं; किन्तु जाह्नवी जानती थी, समझती थी कि जीवन के ख़ालीपन को दूर करना ज़रूरी है और ऐसा कर पाना संभव भी है। शुचि का निर्णय स्वयं का न होकर सामाजिक दबाव पर आधारित था। उसकी उम्र कम थी, किन्तु परिपक्वता अधिक। वैसे भी परिवक्वता का सम्बन्ध उम्र से होता भी कहाँ है। परिस्थितियाँ मन को कठोर बना सकती हैं, मज़बूत बना सकती हैं; बस निर्भर करता है कि आखिर परिस्थितियाँ हैं कैसी। शुचि के बालपन में ही उसका विवाह और फिर वैधव्य। भावनाएँ थीं भी तो अब बस वही, जो उसके जीवित रहने मात्र के लिए आवश्यक थीं। यंत्रवत काम करते रहने को जीवित रहना नहीं कह सकते। मानव जीवन एक बार ही तो मिलता है और फिर इस जन्म के परे जो भी है वो तो एक कल्पना या विश्वास मात्र ही तो है; यक़ीनन तो नहीं कहा जा सकता न कि यदि इस जन्म में ये न कर पाये तो उस जन्म में कर लेगें। जो है वो यहीं है, तो फिर अफसोस, पश्चाताप, ये न कर सकने का ग़म, वो न कर सकने की ज़रूरत ही क्या है और वो भी सामाजिक दबाव का हवाला देकर। जब शुचि का बाल विवाह हुआ था, तब

तो नहीं आया था ये समाज उसके साथ हो रहे अन्याय को रोकने के लिए। इतनी छोटी सी उम्र में, जब वह विवाह का भी मतलब न समझ पायी थी कि उसे वैधव्य को झेलना पड़ा, जीना पड़ा। उसे नहीं पता था कि उसकी शादी हुई, तब उसके साथ क्या हुआ; उसे तब भी नहीं पता था कि जब वह विधवा हुई, तब उसके साथ क्या हुआ। वह तो बस इसलिए रो रही थी, क्योंकि उसके आस-पास के लोग रो रहे थे। इसी समाज ने उसे वक्त के साथ-साथ ये बताना शुरू कर दिया कि पहले वह विवाहित थी, अब वह विधवा है... इन दोनों ही स्थितियों से अनभिज्ञ थी वह, लेकिन फिर भी इन्हीं के साथ जी रही थी। कितनी अजीब हैं न ये परिस्थितियाँ, जहाँ इंसान को ये ही पता नहीं कि वह जिस स्थिति में जी रहा है, वह क्या है।

शुचि, जो ज़िन्दगी जी रही है, वो एक साँसों का स्पन्दन मात्र है, जिसे वह ढो रही है... इसे तो झेलना कहते हैं। उसे समझना होगा कि जीना क्या होता है। शुचि से बात करके उसे समझाएगी जाह्नवी... उसे विश्वास था कि उसकी बात मानेगी वह; जीवन जीने के लिए है, ढोने के लिए नहीं।

जाह्नवी सोच भी रही थी कि नौकरी छोड़कर अब वह पूरी तरह से 'अपना घर' के प्रति ही समर्पित हो जाए। हर इंसान के लिए ख़ुशियों के मायने अलग-अलग होते हैं; कोई स्वयं की दुनिया में खुश रहता है, कोई दूसरों की खुशियों में खुश रहता है; किसी के लिए पैसा ही खुशी है, किसी के लिए दो वक्त की रोटी पा जाना ही अनन्त खुशी की बात है। वैसे भी जाह्नवी की खुशियों के मायने विचित्र तो नहीं, किन्तु अलग तो थे ही। छोटी-छोटी चीज़ों में भी खुशी मिल जाती थी उसे; कहीं बड़े-बड़े सुख भी बेमानी लगते थे उसे। हालाँकि उसे ऐसी कोई चाहत नहीं थी कि वह स्वयं को संपूर्ण मानव के रूप में परिभाषित करे; किन्तु हाँ, संतुलित कहलाना उसे पसन्द था... हर चीज व्यवस्थित, नियमित, हर बात अनुशासित।

''अनि, मैं सोच रही थी कि नौकरी छोड़ दूँ; अब मैं अपना पूरा ध्यान 'अपनाघर' पर ही लगाना चाहती हूँ।''

''क्यों, अचानक से ये क्यों?''

''नहीं, अचानक से तो नहीं... मुझे बस ये लगने लगा है कि नौकरी

करते-करते अपनाघर पर मैं पूरा ध्यान नहीं दे पा रही हूँ और ऐसा करना तो सुबोध जी के साथ नाइंसाफ़ी होगी न।''

''लेकिन, अब तक तो तुम दोनों चीजें अच्छे से सँभाल पा रही थीं।''

हाँ, सँभाल रही थी, लेकिन अब एक ही काम को अच्छे से करना चाहती हूँ, मन लगाकर।''

''देख लो, जिस भी चीज़ में तुम्हें सुविधा हो, वही करो जाह्नवी।

''समीर का कोई फोन आया क्या? तुमसे नाराज़ है क्या?''

''हाँ, शायद।''

''तो तुम ही कर लो न फोन उसे।''

''नहीं अनि; मैं चाहती हूँ कि वह यह समझे कि उसने आज तक परिस्थितियों की जगह इंसानों को ग़लत समझा है; मुझे यक़ीन है कि वह समझेगा ज़रूर। मैं भी यही चाहती हूँ कि वह खुश रहे, उसकी हर वाज़िब इच्छा पूरी हो... लेकिन एक रिश्ते को खत्म करके दूसरा रिश्ता तो नहीं जोड़ा जा सकता न... और मान लो अगर जुड़ भी गया, तो क्या टूटे हुए रिश्ते का दंश, खुश रहने देता है इंसान को?''

अनि, बस यही बात मैं समीर को समझाना चाहती हूँ।''

''प्यार की राहें कठिन होती हैं जाह्नवी; समीर भी अभी उसी नाज़ुक मोड़ से गुजर रहा है; मुश्किल है ऐसे हालात में तार्किकता को समझना।''

''वो सब ठीक है अनि, लेकिन एक बार ग़लत राह चुन ली जाए तो मुश्किल हो जाता है वापस लौट के आना; माँ की क्या गलती है... एक के किये की सजा दूसरे को क्यों।

ऐसा कैसे हो सकता है कि आप ज़िन्दगी भर जिन लोगों में, जिन रिश्तों में अपनी ख़ुशियाँ ढूँढ़ते हों; परिस्थितियाँ बदल जाने पर उन्हीं रिश्तों से आपको परहेज़ हो जाता है... ये ग़लत है अनि।''

''लेकिन प्रेम की राहों पर चलते वक्त इंसान हर चीज़ को, हर बात

को, हर पहलू को अपने ही नज़रिए से देखता है; कठिन है दूसरों के नज़रिए से चीज़ों को परखना जाह्नवी; ये अलग बात है कि समीर तुम्हारी बहुत इज़्ज़त करता है, तो हो सकता है कि शायद वह इस नाज़ुक मसले के हर पहलू पर ग़ौर करके ही कोई क़दम आगे बढ़ाए।''

''हाँ, उम्मीद तो मुझे भी यही है, इसलिए फ़िलहाल हम दोनों के बीच इस ख़ामोशी को ही वार्तालाप का काम करने देते हैं; अनि, मैं यह कह रही थी कि बहुत दिन हो गये, मैंने कुछ लिखा नहीं... अब तो डायरी पर भी मिट्टी की परत आ गयी है, तुम्हें नहीं लगता कि आजकल मैं थोड़ी...''

''हैलो...! हाँ, निखिल, क्या बात है यार, बहुत दिनों बाद याद आयी मेरी...।''

जाह्नवी, देखती रह गयी अनिकेत के इस अप्रत्याशित व्यवहार को। वह किसी भी तरह का शक नहीं करना चाहती थी अनिकेत के ऊपर; वह यह नहीं सोचना चाहती थी कि अनिकेत सच में ही अब उसके ख़्वाबों के प्रति दिलचस्पी नहीं रखना चाह रहे थे। उसने ख़ुद को समझाया कि ये एक इत्तफ़ाक़ है कि उसकी इतनी महत्त्वपूर्ण बात के बीच, अनिकेत का इस तरह बीच में ही...

काफी दिनों बाद माँ की चिट्ठी आयी थी। आज के दौर में फोन, मैसेज, इंटरनेट के होते हुए, चिट्ठी-पत्री जो इतनी अच्छी लगती है, इसका प्रमुख कारण यह है कि चिट्ठी के हर अक्षर को एक-एक बूँद की तरह ग्रहण करने का मौका मिल जाता है। मन की कल्पना, उसकी हर बात में गुँथ-बुनकर, लता की तरह विकसित होकर हमें सम्मोहित कर लेती है... काफी देर तक इसकी गति को महसूस किया जा सकता है।

माँ के एक-एक शब्द से उनका एकाकीपन झलक रहा था। ऐसा लगता था, मानो माँ चीख-चीख के पूछना चाह रही थीं कि समीर ने अपने पिता के व्यवहार की सज़ा उसे क्यों दी।

चिट्ठी रख दी जाह्नवी ने; चाहकर भी जवाब नहीं लिख पायी। फ़िलहाल तो समझ नहीं आ रहा, नौकरी छोड़ने का क्या बहाना बनाया जाय। जाह्नवी ने अब पूरा मन बना लिया था नौकरी से त्यागपत्र देने का।

"तुम्हें क्या लगता है अनि, मुझे क्या कारण बताना चाहिए? बिना किसी ठोस वजह के मुझे नौकरी छोड़ने की इजाज़त नहीं देगा मेरा बॉस।"

"अरे वजह क्या ठोस ज़रूरी है; लिख दो कि तुम्हारा स्वास्थ्य ठीक नहीं रहता है और क्या।"

इतनी बेपरवाही से अनिकेत ऐसा कैसे बोल सकते हैं, क्या यह वजह ठीक है।

खैर, जाह्नवी ने सोच लिया था कि जो भी हो, वह साफ़-साफ़ बता देगी कि उसे अब 'अपनाघर' की देखभाल स्वयं करनी है।

अगले ही दिन जाह्नवी ने अपना त्यागपत्र बॉस को दे दिया। उम्मीद के अनुरूप वजह लिखी होने के बावजूद, जाह्नवी से सवाल-जवाब किये गए; तरह-तरह के प्रलोभन, लालच दिए गए, फिर भी जाह्नवी अपने फैसले पर अडिग थी। स्वयं को हारता देख, कुछ औपचारिकताओं के साथ जाह्नवी के बॉस ने उसका त्यागपत्र स्वीकार कर लिया, किन्तु एक महीने तक जाह्नवी को वहाँ काम करना ही था। जाह्नवी ने भी मान लिया कि वह आने वाले व्यक्ति को काम सिखाकर ही जाएगी।

बहुत ही हल्का और आज़ाद महसूस कर रही थी वह। उसे पता था कि अब वह अपने ख़्वाबों को पूरा करने के लिए आज़ाद है; उन्मुक्त वातावरण में रहकर वह वो कर सकती है, जो इस नौकरी के बंधन में रहकर नहीं कर पा रही थी। यूँ भी अब अनिकेत की आय भी बढ़ चुकी थी, आर्थिक स्थिरता आ चुकी थी।

धीरे-धीरे वो वक्त भी आ गया, जब जाह्नवी के क़दम, ऑफिस की तरफ़ न जाकर सिर्फ और सिर्फ अपनाघर की तरफ चलने लगे। आज़ाद थी वह अब पूरी तरह से।

बहुत ही अच्छा माहौल था 'अपनाघर' का। जाह्नवी को ठीक वैसा ही महसूस हो रहा था, जैसा कि किसी यायावर को होता है... दूर-सुदूर क्षेत्रों की यात्राएँ करने के बाद स्वयं के घर में आकर। लाइब्रेरी में कुछ नये चित्र लगा दिये गये थे। जाह्नवी जैसे ही अन्दर गयी, सामने की दीवार पर एक

चित्र था, जो बार-बार उसका ध्यान खींच रहा था; उस पर कुछ लिखा हुआ भी था। जाह्नवी ने उत्सुकतावश आगे बढ़कर उसे पढ़ना चाहा, लेकिन अँधेरे की वजह से पढ़ने में दिक्कत आ रही थी। दीनानाथ जी ने आकर पीछे से लाइट ऑन कर दी। मानों रोशनी सारी ही उसी चित्र पर पड़ रही थी।

चित्र में खड़ी हुई मीरा के कंधे पर कृष्ण का हाथ है और लिखा गया है कि 'मीरा ने अपने ससुरालवालों की आज्ञा का पालन किया और नदी में डूबने के लिए निकल पड़ीं। पूरे रास्ते वह गोविन्द, गिरधारी और गोपाल गाती हुई नृत्य करती रहीं। जैसे ही वे नदी में डूबने के लिए बढ़ीं, तभी एक हाथ ने पीछे से उन्हें रोक लिया। उन्होंने मुड़कर देखा तो उनके प्रियतम कृष्ण उनके सामने खड़े थे और वह मूर्छित हो गईं।''

ऐसा ही वृत्तान्त जाह्नवी ने एक बार 'पक्षधर' में माधव हाड़ा की 'चित्रकथाओं में मीरा का छवि निर्माण' में पढ़ा था।

''क्या देख रही हो बिटिया...!''

एक सम्मोहन से बाहर आ गयी थीं जाह्नवी।

''कुछ नहीं दीनानाथ जी, बस यह चित्र... किसने लगवाया है इसे यहाँ?''

''ये तो अनुराग जी का काम है बिटिया, उन्होंने ही पसन्द की थीं''

''बहुत ही ख़ूबसूरत कहानी है।''

''कहानी... इसमें कहानी कहाँ है बिटिया, यह तो एक चित्र है न!''

''हाँ एक सचित्र कहानी ही तो है दीनानाथ जी।''

''कैसे? मुझे तो नहीं समझ आया।''

''दीनानाथ जी, चित्रकथाओं के माध्यम से, उपलब्ध जनश्रुतियों का सहारा लेकर आकर्षक कहानियाँ लिखी जाती हैं... बचपन में कृष्ण की मूर्ति का पति के रूप में वरण, भोजराज संग विवाह, कुलदेवी की पूजा से इंकार,

ऊदा की शिकायत पर भोजराज का क्रुद्ध होकर मीरा के महल में जाना और उसको कृष्ण भक्ति में लीन पाना, अकबर और तानसेन का मीरा के यहाँ आगमन, भोजराज की असामयिक मृत्यु, मीरा का सती होने से इंकार, विक्रमादित्य द्वारा मीरा को दी गईं यातनाएँ, मीरा को साँप, शूलशय्या और विष से मारने के उपक्रम, मेड़ता आगमन, वृंदावन, मथुरा और द्वारिका की यात्रा और अंत में द्वारिका में कृष्ण की प्रतिमा में विलय की घटनाएँ और अनेक तरह के प्रकरण इन चित्रकथाओं में आते हैं।'' (पक्षधर)

''मीरा में तुम्हारी बहुत आस्था जान पड़ती है जाह्नवी बिटिया!''

''आस्था...! नहीं काका; मीरा आस्था का नहीं, अपार ज्ञान का विषय है... मीरा पारम्परिक अर्थ में संत भक्त नहीं थी; उसने राजसत्ता और पितृसत्ता के विरुद्ध अपने विद्रोह को भक्ति के आवरण में व्यक्त किया; मीरा एक संसारी स्त्री थी।''

दीनानाथ जी शायद समझ नहीं पा रहे थे कि जाह्नवी, मीरा का ही वर्णन कर रही थी; मीरा के माध्यम से स्त्री-जागरूकता के विषय में चली गयी थी।

जाह्नवी, अनुराग से मिलकर उसे इस चित्र के लिए धन्यवाद देना चाहती थी। यूँ भी अनुराग अपने हर काम के प्रति समर्पित था। अपना घर के नर्सिंग होम में डॉक्टर के रूप में वह एक ज़िम्मेदार और समझदार व्यक्ति था।

''काका! अनुराग कहाँ है; जरा लाइब्रेरी में भेज देंगे उसे...''

''हाँ-हाँ बिटिया अभी बुलाता हूँ।'' कहकर दीनानाथ जी चले गये।

''जाह्नवी, वहीं लाइब्रेरी में किताबों को देख रही थी; उसकी मनपसंद जगह जो थी वो। साहित्य से लगाव होने की वजह से साहित्य से जुड़ी बहुत सी किताबें उपन्यास, जाह्नवी की लाइब्रेरी की शोभा बढ़ा रहे थे।

''नमस्कार! आपने बुलाया मैम।''

मैम सम्बोधन सुनते ही मुस्कराते हुए जाह्नवी ने पलटकर देखा। उसके

सामने सादगी से परिपूर्ण एक शख़्स खड़ा था।

"गुड मॉर्निंग अनुराग।"

"जी, गुड मॉर्निंग मैम।"

"फिर वही मैम... मैंने तुमसे पहले भी बहुत बार कहा है अनुराग, ये मैम शब्द बहुत बुरा लगता है मुझे; मेरा नाम जाह्नवी है, नाम लेकर भी बुला सकते हो मुझे।

"नहीं-नहीं, ये क्या कह रही हैं आप; ये कैसे संभव है; मैं नाम कैसे ले सकता हूँ आपका...; आपकी और अनिकेत सर की तो बहुत इज़्ज़त करता हूँ मैं।"

"तो नाम लेने से इज़्ज़त कम हो जाती है क्या!"

"नहीं वो बात नहीं है मैम, लेकिन जो भी हो, मुझसे नाम नहीं लिया जाएगा, मुझे माफ कीजिए आप।"

जाह्नवी समझ गयी, अनुराग से इस विषय में वह नहीं जीत पायेगी। "ये चित्र तुमने कहाँ से लिया अनुराग?"

"दरअसल, पिछले महीने जब मैं छुट्टियों पर गया था न, तब अपने एक दोस्त की पेंटिंग एक्जीबिशन में गया था; ये पेंटिंग वहीं पर लगी हुई थी, मुझे बहुत पसन्द आयी और बस मैं ले आया।"

"बहुत ही खूबसूरत है; एक कहानी है इसमें।"

"मैम, आपने मीरा को पढ़ा है क्या; मेरा मतलब आपकी रुचि है क्या मीरा में?"

"हाँ पढ़ा है... लेकिन एक बात बताओ अनुराग; तुमने तो जीवन भर मेडिकल की ही किताबें पढ़ी हैं; विज्ञान ही के इर्द-गिर्द घूमती है तुम्हारी ज़िन्दगी, तो फिर साहित्य कला में तुम्हारी रुचि कैसे जागी?"

"कहानियाँ लिखा करता था बचपन में... पापा की इच्छा थी कि डॉक्टर बनूँ... मैं लेखक बनना चाहता था, आखिर में पापा की इच्छा का ही

मान रखा और डॉक्टर बन गया।''

''तो अभी भी लिखते हो या बन्द कर दिया?''

''लिखता हूँ, कभी-कभी वक्त निकालकर लिख लेता हूँ।

आपसे एक बात पूछनी है मैम!''

''हाँ-हाँ पूछो न।''

''आपकी नज़र में विधवा-विवाह कोई अपराध है क्या?''

जाह्नवी के लिए ये एक अप्रत्याशित प्रश्न था; उस वक्त जो भी बातचीत चल रही थी, ऐसे प्रश्न का यूँ अचानक उठना, थोड़ा आश्चर्य का विषय था।

''ऐसा क्यों पूछ रहो हो अनुराग?''

अनुराग मानो इसी प्रश्न के इंतज़ार में था; वह शायद बहुत कुछ कहना चाह रहा था, लेकिन संकोच था उसे।

''पहले आप बताइये न मैम, विधवा-विवाह कोई अपराध है क्या?''

''नहीं अनुराग, बिल्कुल नहीं; इसमें अपराध कैसा... जीवन जीना अपराध है क्या, नहीं न; तो बस इस चीज़ को भी तुम इससे ही समझो कि हर इंसान को अपने जीवन को अपने ढंग से जीने का अधिकार है; वैचारिक असमानता, एक का दूसरे को स्वतंत्रता न देने का दखल ही ऐसी चीज़ों को बिना वजह अपराध की श्रेणी में डाल देते हैं।''

''लेकिन समाज में तो ऐसे बहुत से लोग हैं जो ऐसे विवाह को हीन दृष्टि से देखते हैं; इसे गुनाह मानते हैं।''

''समाज तो हम और तुम जैसे लोगों से मिलकर ही बनता है न; वैचारिक दृष्टिकोण तो सदैव ही अलग रहे हैं और रहेंगे। जब तक इंसान के कृत्य से किसी दूसरे प्राणी को हानि न पहुँचे, किसी का बुरा न हो, तब तक कोई भी कार्य अपराध की श्रेणी में नहीं रखा जा सकता अनुराग।''

''लेकिन विधवा-विवाह जैसे कार्यों को तो घोर अपराध की दृष्टि से देखता है यह समाज।''

''समाज में सिर्फ एक ही तबक़ा तो नहीं रहता; अगर कुछ लोग विरोध करते हैं तो कुछ लोग समर्थन भी तो करते हैं न। विधवा विवाह न तो कभी ग़लत था और न कभी होगा; हाँ, लोगों के विचार हैं, जिनका हम और तुम कुछ नहीं कर सकते अनुराग।''

''लेकिन तुम ये सब क्यों पूछ रहे हो अचानक?''

''नहीं मैम, अचानक नहीं; मैं बहुत दिनों से इस सवाल का जवाब ढूँढ़ रहा था, आज सोचा आपसे पूछ लूँ।''

''कोई खास वज़ह?''

''है तो।''

''क्या मैं जान सकती हूँ?''

''सही वक्त पर बताऊँगा तो ज़्यादा सही रहेगा मैम; अच्छा अब मैं चलता हूँ मैम।''

जाह्नवी, अनुराग की कही बात का अर्थ खोज रही थी, लेकिन मुश्किल रहा। अपनाघर में आने के बाद काफी वक्त बाद जाह्नवी को अपना अधूरा उपन्यास लिखने का समय मिल गया। अदिश्री की चिन्ता करने की उसे ज़रूरत थी नहीं, वह नंदिनी के साथ आराम से खेल लेती थी।

विचारों की अलग ही शृंखला होती है; कभी भी कोई भी, कैसा भी विचार इस शृंखला में दख़लअंदाजी कर सकता है, इसे तोड़ सकता है। नितान्त निजी विचार भी कभी-कभी सार्वजनिक हो जाते हैं, एक अलग ही दिशा में दौड़ पड़ते हैं।''

जाह्नवी की इच्छा हो रही थी कि वह शुचि से मिलकर अपनी इच्छा उसके आगे रखे; वह जानना चाहती थी कि शुचि खुद क्या सोचती है अपने भविष्य के बारे में... लेकिन उसे यह डर भी था कि जाने अनजाने कहीं वह शुचि की भावनाएँ आहत न कर दे; इसी पसोपेश में पड़कर जाह्नवी, शुचि

से कई दिनों तक इस विषय को कोई बात नहीं कर पायी।

जाह्नवी का उपन्यास एक ख़ास जगह पर रुका हुआ था, जिसे आगे बढ़ाने के लिए उसे कुछ ख़ास होने का इंतज़ार था। शाम होते ही वह घर लौट आयी। अनिकेत, व्यस्तता के कारण उसे लेने नहीं आ पाये थे। अनुराग ने घर तक छोड़ दिया था। पूरे रास्ते बस जाह्नवी, शुचि से बात करने के अवसर के बारे में ही सोचती रही। रात को खाना खाने के बाद जाह्नवी ने अनिकेत से इस विषय पर राय माँगनी चाही।

"अनि, मैं सोच रही थी शुचि के मिलकर उसे समझाऊँ कि अब उसे अपनी आगे की ज़िन्दगी के बारे में सोचना चाहिए; ऐसे अकेले रहकर वह कब तक..."

जाह्नवी की बात बीच में ही काटकर अनिकेत बोल पड़े,

"लेकिन जाह्नवी, ऐसा भी तो हो सकता है कि अब उसे फिर से शादी करने में कोई दिलचस्पी ही न रही हो, वह अकेले ही खुश हो और फिर अब वह व्यस्त भी है, उसका मन कहीं लगा भी रहता है।"

"मुझे तो नहीं लगता कि वह खुश रह सकती है; जीवन में आप किसी भी मोड़ पर रहें, एक हमसफ़र की ज़रूरत हमेशा ही रहती है।"

"ये अच्छी बात है जाह्नवी, कि तुम शुचि के लिए अतनी फ़िक्र करती हो, फिर भी मुझे ये थोड़ा मुश्किल ही लगता है; हाँ, लेकिन तुम कोशिश कर सकती हो, शायद कुछ अच्छा हो जाए।"

"कल मैं जाते ही शुचि से बात करती हूँ।"

पूरी रात जाह्नवी ने यही सोच-सोच कर गुज़ार दी, कि कल वह किस तरह से अपनी बात रखेगी शुचि के सामने।

सुबह होते ही जाह्नवी ने एक संकल्प सा कर लिया, बस अब आज वो शुचि से इस बारे में हर हाल में बात करके ही रहेगी। खुश थी आज वह मन ही मन... शुचि का घर बसाना ही उसके लिए अब सबसे महत्त्वपूर्ण काम था।

पूरे रास्ते जाह्नवी का वक्त तरह-तरह के उपक्रम सोचने में ही निकल गया। इतनी अधीरता उसे पहले कभी नहीं हुई थी। लाइब्रेरी जाने से पहले मंदिर ज़रूर जाती थी वह। पूरे दिन काम करने की ऊर्जा लेकर ही मंदिर से बाहर निकलती थीं। जाह्नवी ने सोचा, पहले उपन्यास के कुछ अंश लिख लिये जायें, उसके बाद शुचि से ही बात करनी है उसे। वैसे भी न जाने क्यों आजकल शुचि उससे महज़ औपचारिक बातें ही करती थी, खिंची-खिंची सी रहने लगी थी। लिखने में कुछ भी अच्छा नहीं लग रहा था; ध्यान जो सारा एक ही जगह पर केन्द्रित था, क्या करती वह।

मन नहीं लग रहा था। बाहर टहलने निकल गयी वह। सोचा ऑफिस में जाकर शुचि से सीधे ही बात कर ले, लेकिन ये कुछ ठीक नहीं लगा उसे। शायद शुचि इस बात से असहज हो जाये; वैसे भी वह आजकल चुप सी रहने लगी है।

जाह्नवी ऐसी जगह घूम रही थी, जहाँ से ऑफिस में सीधा सामने की कुर्सी पर बैठने वाला व्यक्ति नज़र आ सकता था। शुचि ने देख लिया और देखकर नज़रअंदाज़ भी कर दिया जाह्नवी को। अजीब सा यह व्यवहार बहुत अखरा उसे। जाह्नवी, न चाहते हुए भी ऑफिस की तरफ चल दी।

ऑफिस तो सिर्फ कहने के लिए था... मंदिरनुमा सजा धजा कमरा था एक, हर चीज़ क़रीने से सजी हुई, हर कोना व्यवस्थित; जाह्नवी की पसन्द की पेंटिंग्स, ताजे गुलाबों की महक से सराबोर था कमरा; बाहर दरवाजे के ऊपर गणेश जी की मूर्ति लगी थी। ऑफिस की खिड़की, बाहर गार्डेन की तरफ खुलती थी; आने जाने वाले हर व्यक्ति पर नज़र रखी जा सकती थी, टेबल पर एक कम्प्यूटर रखा था। सारा हिसाब शुचि को सौंप रखा था जाह्नवी ने... डोनेशन में आने वाले पैसों का पूरा हिसाब था शुचि के पास।

जाह्नवी के, ऑफिस में क़दम रखते ही शुचि उठ खड़ी हुई। शायद उसे महसूस हो गया था कि जाह्नवी को उसका इस तरह से नज़रअंदाज़ करना पसंद नहीं आया।

''अरे! आप कब आयीं?''

''जब तुमने मुझे देककर भी नहीं देखा, तब शुचि।''

शुचि को उम्मीद नहीं थी कि जाह्नवी सीधा ही ऐसा कह देगी। सकपका गयी वह।

''नहीं-नहीं दीदी, ऐसी कोई बात नहीं है; मेरा ध्यान कहीं दूसरी ओर होगा।''

''हाँ, मैं भी तो वही कह रही हूँ, कि तुम्हारा ध्यान कहीं दूसरी ओर ही है आजकल; क्या बात है शुचि, कोई परेशानी... तबियत तो ठीक है न?''

''हाँ, सब ठीक है; कोई परेशानी नहीं है दीदी।''

''नहीं, परेशानी तो है; बदली बदली नज़र आ रही हो बहुत; मेरे साथ इतना औपचारिक होने की ज़रूरत नहीं है शुचि; जो भी है आराम से बताओ।''

''मैं यहाँ से जाना चाहती हूँ; मैं अब यहाँ और काम नहीं कर सकती।''

एक ही साँस में इतनी बड़ी बात, इतना बड़ा फैसला कह दिया शुचि ने।

जाह्नवी को पता था कि वह ऐसा होने नहीं देगी, लेकिन वजह जानना बहुत ज़रूरी था; ऐसी क्या परेशानी होने लगी थी शुचि को, कि वह ये जगह तक छोड़ने को तैयार थी, जबकि सुबोध जी, उसका रिश्ता, उसके भविष्य की आर्थिक सुरक्षा, इसी जगह से जोड़कर गये थे।

''आओ शुचि, गार्डन की तरफ चलते हैं; तुम्हारे साथ कॉफी पिये हुए काफी वक्त बीत गया, चलो।''

शुचि को जाना ही था... जाह्नवी की बात कहाँ टाल सकती थी वो। (दोनों चल पड़े गार्डन की तरफ)

''अब बताओ शुचि, जो भी तुम्हारे मन में है कह दो, कुछ भी मत रखना मन में; मैं तुम्हारी हर बात सुनूँगी।

काफी देर तक चुप रहने के बाद शुचि ने जो भी कहा, वो सब जाह्नवी

की उम्मीद से बिल्कुल परे था; उसे समझ नहीं आ रहा था वह किस तरह की प्रतिक्रिया दे।

''मैं यहाँ पर काफी वक्त से हूँ; जब से मैंने होश सँभाला है, सुबोध अंकल की छत्रछाया में ही रही हूँ दीदी; उन्होंने जो मेरे लिए किया, वो सब तो मेरा कोई सगा भी मेरे लिए नहीं कर पाया और न ही कोई कर सकता है। न सिर्फ मानसिक शान्ति, बल्कि आर्थिक रूप से भी स्थिरता दी उन्होंने मुझे। यहाँ रहकर इन लोगों की सेवा करते हुए मुझे कभी मेरे अपनों की कमी महसूस नहीं हुई; यही मेरा घर है, मेरा मंदिर है, ये सब बुजुर्ग ही मेरे माता-पिता हैं... किसी चीज की कमी नहीं है यहाँ; आप सबने बहुत प्यार दिया, मान सम्मान दिया; मेरी पढ़ाई कभी रुकने नहीं दी, हर चीज़ उपलब्ध करवायी।''

जाह्नवी जानती थी; कभी भी गंभीर न रहने वाली लड़की, आज अगर ये सब कुछ कह रही है तो कोई ख़ास वजह ज़रूर रही होगी। बिना दख़ल दिये जाह्नवी ने शुचि को धारा प्रवाह बोलने दिया।

''जब मेरी शादी हुई; मेरा मतलब है जब मेरा बाल विवाह हुआ, तब भी मुझे समझ नहीं आया कि वो सब क्या था, क्यों था। जिस इंसान से मेरी शादी हुई, जब उस इंसान की मृत्यु हुई, तब भी मुझे नहीं पता नहीं था कि वो क्या था। जब मैं बड़ी हुई, तब से लेकर आज तक मेरे साथ मेरे हर क़दम पर दो उपाधियों ने मेरा पीछा किया है- बाल विवाहित और उसके बाद बाल विधवा; मुझे नहीं पता इन दोनों ही स्थितियों को मैंने किस तरह जिया। मेरे लिए तो ये दोनों ही घटनाएँ, जीवन पथ पर चलते समय बीच-बीच में आने वाले अध्याय मात्र थे, जिन्हें मैंने दूसरों के माध्यम से पढ़ा और समझा। मेरी मानसिक परिपक्वता का स्तर उस वक्त तक इतना नहीं था कि समझ पाती मैं कि मेरे साथ क्या हुआ था... लोगों ने ही किया जो भी किया और लोगों ने ही समझाया कि मैं पहले बाल विवाहित थी और अब बाल विधवा हूँ। मुझे तो उस इंसान की शक्ल तक याद नहीं, जिससे मेरी शादी हुई थी।

'शादी...!' यह शब्द कहकर व्यंग्यात्मक हँसी हँसकर चुप हो गयी शुचि। ''आप जानते हो दीदी, मुझे तो अभी तक भी नहीं पता कि शादी का

मतलब क्या होता है; मैंने सोचा था, भगवान ने जो भी मेरे नसीब में लिखा है, उससे तो मैं लड़ नहीं सकती, लेकिन हारकर थककर बैठने की बात कभी भी नहीं आयी मेरे मन में, क्योंकि जो हुआ वो मेरी मर्ज़ी से नहीं हुआ; मेरे कारण नहीं हुआ।

अनगिनत लोग, सरल सपाट और समस्याओं से भरी ज़िन्दगी को उसकी लय में ही गुज़ार देते हैं, परन्तु यह यात्रा मेरे लिए आसान नहीं रही। कोई भीतरी ठहराव है, जो हमें पागल होने से बचाता है; सच तो यह है कि ऐसे हालात में पागल न हो जाना ही एक आश्चर्य है। जीवन के इस यथार्थ को भोगना अलग बात है। और जीना अलग बात है। मेरे परिवार ने कभी मेरा साथ नहीं दिया, जबकि मैंने कभी बग़ावत करने वाला कोई कार्य किया ही नहीं। सुबोध अंकल ने सिर्फ इतना ही कहा था मेरे घर वालों से कि- ''इसे जीने का हक़ है; साँसें चल रही हैं इसकी, अभी यह नहीं मरी है।'' शायद यही बात अच्छी नहीं लगी और पापा ने मुझे घर से निकाल दिया। भावनाओं के महीन धागे, छिटककर टूट गये; किसी ने भी उन्हें बाँधने की कोशिश नहीं की। हर इंसान अपनी ज़िन्दगी में रिश्ते सँजोकर रखता है; मेरे पास कुछ नहीं था जिसे संजोया जाता। हमारा जीवन हमारे अपने ही अनुभवों का जमा जोड़ है। मेरे पास भी यही हिसाब किताब है, इसके अलावा कुछ नहीं है।''

जाह्नवी, बस शुचि को एकटक देखने और सुनने का काम कर रही थी, लेकिन अब उसे वजह जाननी थी, जो शुचि को ये सब बोलने पर मजबूर कर रही थी।

''मैं तुम्हारी भावनाओं को समझती हूँ; ये भी मानती हूँ कि तुमने इतनी-सी उम्र में जो भी सहा है, भोगा है, उसके बाद भी तुम इतने धैर्य के साथ जीवन में आगे बढ़ रही हो, जो कि बिल्कुल भी आसान नहीं है। मानव मन की अधीरता और चंचलता को पकड़कर रखना तुम्हें बख़ूबी आता है शुचि।''

''आता था, अब नहीं; अब यही अधीरता और चंचलता मुझसे बग़ावत कर रही है, मन को बाँध नहीं पा रही हूँ... मैं मेरी भावनाएँ, मेरे

दिमाग़ पर क़ाबू पाती जा रही हैं। इससे पहले कि कुछ ग़लत हो जाए, मैं यहाँ से चली जाना चाहती हूँ बस।''

इससे पहले कि जाह्नवी कुछ समझ पाती, सोच पाती; एक जानी पहचानी आवाज़ में कुछ शब्द कानों में पड़े- ''यहाँ से चली जाना चाहती हो या सच से दूर भागना चाहती हो... मुझसे दूर जाना चाहती हो?''

''कोई संदेह नहीं था... ये आवाज़ अनुराग की थी... डॉ0 अनुराग की।''

''मैम, क्या आपको भी लगता है कि विधवा विवाह एक अपराध है?'' ओह! तो अनुराग के इस प्रश्न के उस दिन पूछे जाने पर मन में उठे प्रश्न का जवाब इस तरह मिल रहा था जाह्नवी को आज।

अनुराग के आते ही शुचि वहाँ से जाने लगी, तभी आगे बढ़कर, हाथ पकड़कर अधिकार पूर्वक रोक लिया अनुराग ने उसे।

''रुक जाओ शुचि।''

''मुझे जाने दो अनुराग।''

''ज़रूर जाने दूँगा, लेकिन जाने से पहले यहाँ से हमेशा के लिए दूर चले जाने की वजह नहीं बताओगी जाह्नवी मैम को।''

अब तक जाह्नवी जिस ख़ामोशी का आवरण ओढ़े, ये सब कुछ देख रही थी, उस ख़ामोशी को तोड़ने का सही वक्त आ गया था। उसने शुचि के जीवन में रंग भरने का संकल्प किया था, लेकिन उसे नहीं पाता था कि उसने जो लक्ष्य तय किया था, उसके रास्ते ईश्वर ने इस तरह से खोले हैं। अब उसे पूरी कहानी काँच की तरह नज़र आने लगी थी... सब कुछ साफ़-साफ़ समझ आ गया था।

''अनुराग, तुमने जब उस दिन मुझसे वो सवाल किया था, तब तक तो मुझे उसकी वजह नहीं पता थी, लेकिन आज कोई संदेह नहीं कि तुम मुझसे क्या और पूछना चाह रहे थे; अगर मैं ग़लत नहीं समझ रही हूँ तो यही बात है न, कि तुम शुचि के साथ ही अपने जीवन पथ पर आगे बढ़ने की

चाह रखते हो?''

''बिल्कुल ठीक ही समझ रहे हो मैम आप, लेकिन शुचि नहीं समझ पा रही; इसे उस समाज की परवाह ज़्यादा है, जिस समाज ने ये तक जानना कभी ज़रूरी नहीं समझा कि यह ज़िन्दा भी है या नहीं।''

''तुमसे ये किसने कह दिया अनुराग, कि जैसी भावनाएँ तुम अपने मन में पाल बैठे हो, वैसे ही जज़्बात मेरे मन में भी हैं... मैं तुम्हारी इज़्ज़त करती हूँ, तुम एक अच्छे इंसान हो; अपनी ज़िम्मेदारियाँ बख़ूबी समझते हो; एक अच्छे इंसान में जो भी ख़ूबियाँ होनी चाहिएँ, वो सब कुछ है तुममें... लेकिन जैसी भावनाओं की अपेक्षा तुम मुझसे लगा बैठे हो, वो तो बिल्कुल ही मुमकिन नहीं है।''

''क्यों मुमकिन नहीं है शुचि? ऐसा क्या माँग लिया अनुराग ने तुमसे, जो तुम्हें देने में इतनी तकलीफ़ हो रही है?''

''दीदी, आप नहीं समझोगी; बस इतना समझा दो अनुराग को, कि वह जो माँग रहा है मुझसे, वो मैं उसे नहीं दे सकती।''

''क्या नहीं दे सकती तुम... साथ नहीं दे सकती, जीवनभर का प्यार नहीं दे सकती।''

''बोलो शुचि! अनुराग को भी उसकी बातों का जवाब चाहिए।''

''प्लीज दीदी, मेरी सोयी हुई भावनाओं को फिर से न जगाओ; जीवन का जो अध्याय गुज़र चुका है, उसे फिर से न खोलो; बंद रहने दो उसे।

''तुमसे किसने कहा शुचि, कि मैं वो अध्याय खोल रही हूँ, जो बंद हो चुका है... बिल्कुल नहीं; ये वो अध्याय है, जो तुमने कभी पढ़े ही नहीं... तुम आज तक वही पढ़ती रही, जो बीत चुका है और इसलिए आगे विधाता ने क्या लिख रखा है, वो तुम कभी पढ़ नहीं पायीं। समाज ने नहीं, तुमने ही स्वयं को बेड़ियों से जकड़ रखा है; खुली हवा में रहते हुए भी खुले मन से साँस नहीं लेतीं तुम... तुम्हारी बन्दिशें शारीरिक नहीं, मानसिक हैं और वो भी स्वयं की बनायी हुई।

जाह्नवी को लगने लगा था कि अनुराग और शुचि को उनकी भावनाओं के बीच में हो रहे वार्तालाप से विचलित नहीं होने देना है और इसीलिए जाह्नवी, एक दर्शक की तरह बस सुनती रही उन दोनों के दिल और दिमाग़ के बीच हो रही बहस को।

"तर्कविहीन अवस्था से निकलो शुचि... समाज की गलत धारणाएँ, मूर्खतापूर्ण मतिभ्रम, एक प्रकार के मानसिक रोग हैं; इस लोक के अतिरिक्त और कोई लोक नहीं है, जो है वो यहीं है; जब दो लोग एक-दूसरे के साथ जीवन बिताने को लेकर सहज हैं, तो कोई तीसरा कर ही क्या सकता है... और फिर उस तीसरे इंसान की राय की ज़रूरत ही क्या है।"

"हाँ, ठीक कह रहे हो अनुराग, कि जब दो लोग सहज हों, तब न; लेकिन मैंने तो कभी नहीं कहा तुमसे कि मैं भी तुमसे... तो फिर तुम ऐसा कह ही कैसे सकते हो कि जो भावनाएँ तुम पाल बैठे हो, वो ही मुझमें भी हैं।"

"क्यों ख़ुद को धोखा दे रही हो शुचि? ज़रूरी तो नहीं कि तुम बोल कर ही बताओ; मैंने जो महसूस किया है, वो भी तो कुछ है।"

"तुमने जो महसूस किया, उसकी ज़िम्मेदार मैं तो नहीं अनुराग!"

"मैं जानता हूँ, तुम डरती हो ख़ुद से; डरती हो इस समाज से... ये वही समाज है, जिसे तुम्हारे जीने या मरने से कोई फ़र्क़ नहीं पड़ता, लेकिन अफ़सोस! जिन्हें फ़र्क़ पड़ता है, उनसे तुम्हें कोई लेना देना नहीं है।"

"ये बिल्कुल ही बेवजह है अनुराग; मुझे नहीं पता तुम ये सब क्यों कर रहे हो... मैं किसी से नहीं डरती; ख़ुश हूँ मैं अपनी ज़िन्दगी में अकेले ही।"

"तो फिर यहाँ से जाना क्यों चाहती हो शुचि?" जाह्नवी को पूछना ही पड़ा। वह अनुराग की बेबसी महसूस कर रही थी।

"शुचि यहाँ से नहीं मैम, मुझसे दूर जाना चाहती है, मेरे निस्वार्थ प्रेम से भागना चाहती है; शायद क़ाबिल नहीं मैं इसके।"

"देखा शुचि! जीवन हमेशा आगे बढ़ते रहने के लिए ही है; अतीत

की परत को हटाकर देखो, सामने भविष्य इंतज़ार में खड़ा है; तुम्हें कोई हक़ नहीं, कि ईश्वर के दिए इस उपहार को यूँ इस तरह से व्यर्थ गँवा दो; तुम जानबूझकर अतीत का आवरण ओढ़कर भविष्य के साथ नाईंसाफी नहीं कर सकतीं। अकेले जीवन बिताना इतना आसान नहीं है; बहुत कम लोग होते हैं इस दुनिया में, जिन्हें उनके ही रास्तों पर चलने वाले हमसफ़र मिलते हैं। तुम्हारे अतीत में जो भी तुम्हारे साथ हुआ, वो सब दुःखद है शुचि... मैं समझ सकती हूँ कि ऐसे हालात में तुमने ख़ुद को कैसे सँभाला होगा... आसान नहीं था तुम्हारे लिए, इसमें कोई शक नहीं है, लेकिन अब आगे का क्या शुचि... अनुराग तुम्हें तुम्हारे अतीत के साथ अपनाना चाहता है, फिर क्यों मना करके अपने साथ-साथ उसे भी निराश कर रही हो?''

''लेकिन क्या फ़ायदा अनुराग, जबकि अब मेरे मन में किसी के लिए कोई भी भावना नहीं है; मान लो अगर मैं तुम्हारे साथ ज़िन्दगी बिताने की सोच भी लूँ, तो तुम क्या एक ऐसे इंसान के साथ जीना पसन्द करोगे, जो लगभग पत्थर-सा हो चुका हो।''

''लेकिन अभी थोड़ी देर पहले तक तो तुम कह रही थी शुचि, कि जब तुम्हारी शादी हुई, तब भी तुम नासमझ थी और जब तुम्हारे साथ वो दुःखद घटना हुई, तब भी तुम अबोध थी... तो तुम कैसे कह सकती हो कि जो भावनाएँ, संवेदनायें तुम्हारे अंदर कभी जागृत ही नहीं हुईं; वो मर सकती हैं; जो जज़्बात कभी महसूस ही नहीं किये गये, वो उदय होने से पहले ही अस्त कैसे हो गये? तुम विरोधाभास में जी रही हो शुचि; निकलो इस द्वन्द्व की स्थिति से।''

अनुराग, जाह्नवी की बातों से सहमत था, लेकिन वो शुचि पर स्वयं का साथ देने न देने का दबाव नहीं बनाना चाहता था। प्रेम की पराकाष्ठा, मनोस्थिति को समझना ही तो है। वह जानता था कि शुचि के साथ जो भी हुआ, उससे उसके मन पर जो बोझ है, उसे वह चाहकर भी हल्का नहीं कर सकता था। वह जानता कि शुचि को समाज का डर है; अपने आस-पास रह रहे लोगों के तानों का डर है। पहले ही बहुत कुछ सहा है उसने... अब हिम्मत ही नहीं बेचारी में, जो ये सब कुछ सहे।

''मैम, मैं आपके सामने ये स्वीकार करता हूँ कि शुचि को ही मैं अपने जीवनसाथी के रूप में देखता हूँ; मेरे मन की सारी भावनाएँ इसी के लिए हैं; शुचि का अतीत मैं जानता हूँ... क़द्र करता हूँ मैं उसकी हर एक भावना की... मजबूर नहीं करना चाहता मैं उसे, कि वह ज़बरदस्ती मुझे स्वीकार करे; लेकिन मैं आप ही के सामने सिर्फ एक बार शुचि के मुँह से ये सुनना चाहता हूँ कि वह मेरे प्रति ऐसी कोई भावना नहीं रखती, जो मैंने जाने अनजाने महसूस की है।''

एक ख़ामोशी पसर गयी थी चारों तरफ़; गंभीर माहौल हो गया था। अनुराग, बेबस सा अपने ही जज़्बात से हारता हुआ सा नज़र आ रहा था। जाह्नवी, शुचि को समझाने की कोशिशें कर रही थी। शुचि चाहकर भी अनुराग के प्रस्ताव को स्वीकार नहीं कर पा रही थी। किसी भी इंसान में भावनाएँ जगाना और भावनाएँ दबाना, दोनों ही नामुमकिन कार्य हैं। प्रेम एक अवस्था है, जो या तो है, या नहीं है; बीच की कोई स्थिति नहीं हो सकती। अनुराग, स्वीकार कर चुका था कि वह शुचि से प्यार करता है; जाह्नवी भी महसूस कर रही थी अनुराग के निःस्वार्थ प्रेम की तीव्रता को। वह भी जबरदस्ती, शुचि को मजबूर नहीं करना चाहती थी। किनारे पर खड़े होकर भँवर में फँसे व्यक्ति की मनःस्थिति नहीं समझी जा सकती और फिर जीवन में घटित; काग़ज़ पर लिखी लिखावट मात्र भी तो नहीं, जिसे जब चाहे मिटा दिया जाए।

बोझिल ख़ामोशी को तोड़ने का काम अनुराग ने ही किया। ''शुचि! प्रेम में स्वार्थ के लिए कोई जगह नहीं होती; मैं भी कोई भगवान तो नहीं, जो ये सोचकर तुम्हें प्यार करना छोड़ दूँ कि सिर्फ इसी वजह से तुम यहाँ से चली जाना चाहती हो और न ही मैं अपनी भावनाओं का त्याग करके कोई महानता साबित करना चाहता हूँ; हाँ, लेकिन मैं इतना ज़रूर कर सकता हूँ, जिससे कि मेरी वजह से तुम्हें यहाँ से जाने की ज़रूरत न पड़े।

''तुम मत जाओ शुचि, मैं ही चला जाता हूँ; मैं अगर कोई ख़ुशी नहीं दे पा रहा तो तकलीफ देने का भी कोई हक नहीं है मुझे... तुमसे तुम्हारा सुरक्षित भविष्य छीनकर मैं पाप का भागी नहीं बनना चाहता; जरूरी भी नहीं कि प्रेम के बदले प्रेम मिले ही।

लेकिन क्या एक बात कहने की इजाज़त है शुचि?

शुचि ने इजाज़त भरी नज़रों से देखा, लेकिन कहा कुछ नहीं।

''तुम्हें ज़िन्दगी के किसी भी मोड़ पर कभी भी ये लगे कि मैं तुम्हारे क़ाबिल हूँ, तो बिना कुछ सोचे मुझे बुला लेना; मैं बस तुम्हारी ही आवाज़ के इंतज़ार में ये जीवन बिता दूँगा; मेरा ये जन्म तुम्हारे ही नाम है शुचि।''

बिना किसी जवाब के अनुराग, पलभर में रुआँसा चेहरा लिये, उस जगह से चला गया।

जाह्नवी देखती रह गयी। उसने कभी सोचा भी नहीं था कि अनुराग के मन में शुचि के प्रति इतना प्यार भरा पड़ा है। अब उसे ग़ुस्सा आने लगा था शुचि पर।

''इतनी स्वार्थी न बनो शुचि! कुछ तो तरस खाओ बेचारे अनुराग की हालत पर; कोई गुनाह तो नहीं किया उसने तुमसे प्यार करके... इतनी निर्मम मत बनो, ये पल फिर नहीं आयेंगे; पछतावे के लिए क्यों आमंत्रित करती हो वक्त को।''

''कम से कम आप तो मेरी हालत समझिए दीदी; क्या मैं नहीं चाहती कि कोई हो जो मुझे समझे, मेरी परवाह करे, मेरा साथ दे; जिसके साथ चलने पर मेरे लिए भी जीवन की राहें आसान हो जाएँ, क्या मैं नहीं चाहूँगी ये सब... लेकिन चाहने मात्र से क्या हो जाएगा; मुझे क्या हक़ बनता है कि जिस इंसान के सामने हज़ारों मौजूद हों, उसे मुझ जैसे इंसान के साथ निभाना पड़े।''

''मतलब...! मैं कुछ समझी नहीं; तुम जैसी इंसान मतलब?''

आप ही सोचिए दीदी; अनुराग के माता-पिता की भी तो कुछ इच्छाएँ होंगी अपने होनहार बेटे के लिए; उन्होंने भी तो कितने ख़्वाब देख रखे होंगे अपने बेटे के भविष्य को लेकर... तो क्या उन्हें ख़ुशी होगी मुझ जैसी लड़की को अपनी बहू के रूप में देखकर?''

''ये क्या कह रही हो शुचि; क्या तुम्हें नहीं पता, अनुराग के माता-

पिता नहीं हैं; तुम्हारी ही तरह अनुराग पर भी सुबोध जी की ही छत्रछाया रही है।''

जड़वत हो गयी शुचि। उसने कभी कल्पना भी नहीं की थी कि अनुराग इस दुनिया में नितान्त अकेला होने के बाद भी इतने सहज और सरल रूप में लोगों की सेवा करते हुए जीवन जी रहा है। कभी भी चेहरे पर कोई दुःख नहीं, तकलीफ़ नहीं। शुचि को तो बस यही लगता था, जैसे ईश्वर ने दुःखों का पहाड़ उसी पर तोड़ दिया है... अनुराग के बारे में तो उसे एहसास तक नहीं था और सिर्फ उसे छोड़कर सभी को यह बात मालूम थी। इसका मतलब वह इतनी स्वार्थी हो गयी थी कि उसे स्वयं के अतिरिक्त और कोई दिखायी ही नहीं देता था। स्वयं की तकलीफ़ सर्वोपरि।

''मुझे ये सब नहीं पता था दीदी; मुझे तो सिर्फ यही लगा था कि...'' कुछ बोल नहीं पायी शुचि।

''मुझे इस बात का जवाब दो शुचि, कि क्या कभी भी तुम्हारे मन में अनुराग के प्रति ऐसी कोई भावना नहीं आयी, जैसी वह तुम्हारे प्रति रखता है? वह तुमसे प्यार करता है, ये तो तुम्हें मालूम था न...?''

''हाँ, मालूम था मुझे।''

''और.. क्या तुम भी उससे...।''

''हाँ, शायद।''

''शायद मतलब? या फिर अनुराग की वास्तविक परिस्थिति जानकर तुम्हारे मन में जो जज़्बात उठ खड़े हुए, उसे तुम अब प्यार का नाम दे रही हो; अगर ऐसा है तो ये तो रहने ही दो शुचि... प्यार और हमदर्दी में बहुत फ़र्क़ होता है।''

''नहीं दीदी, प्यार तो मुझे भी है अनुराग से, लेकिन कभी स्वीकार नहीं करती और वजह मैं आपको बता ही चुकी हूँ। परिस्थितियाँ मेरे पक्ष में नहीं हैं दीदी, नहीं तो अनुराग जैसे इंसान, क़िस्मत वालों को मिलते हैं और फिर मेरी क़िस्मत कहाँ ऐसी।''

''परिस्थितियाँ किसी के पक्ष-विपक्ष में नहीं होतीं; हाँ कभी-कभी व्यक्ति सापेक्ष हो जाती हैं और फिर अभी ऐसी कौन सी स्थितियाँ हैं, जिनके अनुरूप नहीं हैं तुम्हारे हालात?''

''मैं क्या करूँ दीदी... अब अगर मैं अपने प्यार का इज़हार करती हूँ, तो अनुराग को यही महसूस होगा कि मैं उससे हमदर्दी की वजह से ऐसा कर रही हूँ और अगर चुप रहती हूँ, अपनी भावनाओं का दमन करती हूँ, तो उसके साथ नाइंसाफी होगी; समझ नहीं आ रहा क्या करूँ, क्या न करूँ।''

''आज तक तो वही करती आयी हो, जो दूसरों ने समझाया, सिखाया; आज मौक़ा मिला है शुचि, अपने दिल की सुनो... ये मौक़ा अगर चला गया, तो फिर नहीं आयेगा।''

''अब मैं इस मुद्दे पर बिल्कुल भी नहीं बोलूँगी शुचि; अपने आप को अलग कर रही हूँ इस मुद्दे से मैं; अब ये विशुद्ध रूप से सिर्फ और सिर्फ तुम्हारे स्व-विवेक का विषय है। जिन्दगी में कुछ रास्ते हमें अकेले ही तय करने होते हैं और कुछ पर चलते हुए साथ मिल जाते हैं। अकेले जितना चलना था, तुम चल चुकीं; अब आगे बढ़कर अनुराग ने तुम्हारा साथ देना चाहा है... सोच-समझकर फैसला लेना शुचि; बस इतना ध्यान रखना कि निर्णय लेते समय इस दुनिया का नहीं, उस इंसान का चेहरा याद रखना, जो तुम्हारे सिवा किसी और को सोचना भी नहीं चाहता।''

''मैं चलती हूँ शुचि... अनिकेत मेरा इंतजार कर रहे हैं और तुम्हारे फैसले का इंतज़ार, मेरे साथ-साथ कोई और भी कर रहा है।'' चली गयी जाह्नवी और छोड़ गयी एक अप्रत्यक्ष फैसला, जो शुचि की ज़िन्दगी के लिए बिल्कुल वाजिब था।

शुचि को एक अजीब सी ग्लानि होने लगी। उसे लगा, अगर वह अनुराग को खुशी दे नहीं सकती, तो उसे उसके भविष्य के साथ खेलने का भी क्या हक़ है।

दो प्यार करने वाले जब एक-दूसरे के सामने भी अपनी भावनाओं को नकारते हैं; तब वे दोनों यह भूल जाते हैं कि उनकी भावनाओं का उद्गम एक ही जगह से हुआ है और यह प्यार की दिखायी नहीं देने वाली जगह है।

दुनिया में ऐसे बहुत से लोग हैं जो प्रेम की तलाश बाहर करते हैं; उनका हाल उस कस्तूरी मृग की तरह है, जो अपने पेट में छुपे सुगंध के स्रोत की खोज में बाहर भटकता रहता है।

शुचि के कानों में अनुराग के कहे हुए शब्द, दार्शनिक रोमी के कथन 'मुझसे वहाँ मिलना, जहाँ कोई पाप और पुण्य नहीं हैं।' की तरह गूँज रहे थे।

अपनी सड़ी-गली दकियानूसी सोच की वजह से न सिर्फ स्वयं को, बल्कि अनुराग को भी दुःखी करती रही।

मुझे अनुराग से मिलना चाहिए, लेकिन मैं उससे कहूँगी क्या... अभी जो थोड़ी देर पहले मैंने उससे कहा, वह उसे सच मानेगा या जो मैं अब कहूँगी उसे; जो भी हो, मुझे अनुराग के पास जाकर कम से कम एक बार तो अपनी भावनाएँ जता देना चाहिए, नहीं तो जीवन भर अफ़सोस ही रह जाएगा।

''क्या मैं अन्दर आ सकती हूँ?''

अनुराग ने मुड़कर देखा। शुचि के इस तरह आने की उम्मीद नहीं थी उसे। आँखों के इशारे से अन्दर आने की इजाज़त देकर वह अपना काम करने लगा। आज पहली बार शुचि उसके कमरे में आयी थी। बहुत ही अव्यवस्थित और बेतरतीब जगह थी अनुराग का कमरा, जहाँ पर कोई भी चीज़ अपनी जगह पर नहीं थी। हँसी आ गयी थी शुचि को कमरे की दशा देखकर... लेकिन जिस माहौल में वह गयी थी, उसे लगा कि उसे हँसना नहीं चाहिए।

''क्या मैं यह कमरा व्यवस्थित करने में तुम्हारी मदद करूँ?''

''लेकिन मैं यह कमरा व्यवस्थित कर ही कब रहा हूँ!''

''तो तुम्हें करना चाहिए।''

''नहीं, कोई ज़रूरी नहीं है; मुझे ज़्यादा व्यवस्थित रहना पसन्द नहीं है।''

''हाँ, वो तो नज़र आ ही रहा है।''

'अनुराग!'

''हाँ, बोलो।'' लगभग बेपरवाही दिखाते हुए अपने ही काम में व्यस्त रहते हुए अनुराग ने कहा।

''नाराज़ हो? हाँ, होना भी चाहिए; मैं हूँ ही इसी क़ाबिल, तुम्हें नाराज़ ही होना चाहिए अनुराग।''

''तुम्हें कुछ ख़ास काम है शुचि?''

''क्यों, अगर काम हो तभी तुमसे बात करने की इजाज़त मिलेगी क्या?''

''बिना काम के आज तक बात की ही कब है तुमने मुझसे।''

''हाँ, ये भी सही है।''

''तुम्हें तो एक ख़ास तरह का ऐतराज़ है न मुझसे बात करने में; इस दुनिया जहान में एक मैं ही तो दुश्मन हूँ तुम्हारा; सबसे बड़ा अहितकारी तुम्हारा।'' बहुत कुछ कहते कहते ही रह गया अनुराग।

''बस, और नहीं कोसोगे मुझे; और कोसो अनुराग।''

''मैं क्यों कोसने लगा भला।''

''मैंने बहुत बुरा किया है न तुम्हारे साथ...''

''नहीं, मैंने तो ऐसा कभी नहीं सोचा...।''

शुचि का नाम लेते लेते रह गया अनुराग। पहले जब उसकी ज़ुबान पर शुचि का ही नाम रहता था, तब शुचि को परवाह नहीं थी और आज वह तरस रही थी अपना नाम सुनने मात्र के लिए।

''अनुराग! मत जाओ।''

अनुराग ने पलटकर देखा। शुचि की आँखों में पहली बार आँसू देखे

थे उसने। सहमकर रह गया वह। ये ही तो कभी देख नहीं सकता था वह।

'शुचि…!'

"मुझे माफ कर दो अनुराग; गलती हो गयी मुझसे; मैं अब कैसे समझाऊँ तुम्हें… हर बार बस दिमाग़ की सुनी; दिल की सुनने में तो डर लगता रहा। मुझे हमेशा यही लगता रहा कि मुझे कोई हक़ नहीं है कि मैं सपने देखूँ, खुश रहूँ… वो सारे दरवाजे, जो मुझे खुशियों तक ले जाते, सभी बंद कर दिये थे मैंने। तुमने जो दस्तक दी थी मेरे दिल पर, वो सुन ली थी मैंने; लेकिन अनसुना करना पड़ा मुझे; तुमसे भागती रही, तुम्हारे सामने आ जाने पर बंद किये गये दरवाज़ो के खुल जाने के डर मात्र से ही घबरा गयी… अपने आपको इतना कमज़ोर कभी नहीं पाया मैंने, जितना तुम्हारे सामने पाती हूँ। समाज के डर से कहीं ज़्यादा डर ख़ुद का था। ज़िन्दगी जिस रफ़्तार से चल रही थी, उसे छेड़ना नहीं चाही थी मैं। तुम्हें हमेशा एक सम्पूर्ण आदमी के रूप में देखा है मैंने, लेकिन कभी ख़ुद को ही तुम्हारे क़ाबिल नहीं समझा। डरती थी कि आज तुम्हारी नज़रों में जो जज़्बात नज़र आते हैं, न जाने जीवन में आगे भी कभी ये…!

"मैं पत्थर नहीं हूँ अनुराग; मुझमें भी भावनाएँ है, मुझे भी हँसना अच्छा लगता है; कोई नहीं चाहता कि वह जीवनभर अकेला ही रहे। जब भी तुमने अपनी भावनाएँ मुझ पर ज़ाहिर की हैं, मन ही मन बहुत ज़ब्त किया है स्वयं को; लेकिन आज जब जाह्नवी दीदी ने बताया कि तुम इस दुनिया में बिल्कुल अकेले…" कहते-कहते रुक गयी शुचि।

"मेरा मतलब है कि मैं आज तक यही सोचती रही कि तुम्हारे माता-पिता ने तुम्हें लेकर जो ख्वाब सँजाये हैं, उनको मैं इस तरह से नहीं टूटने दे सकती… मैं इतनी स्वार्थी तो नहीं बन सकती थी न अनुराग।"

अनुराग के आश्चर्य की कोई सीमा नहीं थी, वो बस शुचि को देखता ही रह गया।

"क्या कह रही हो शुचि…! इसका मतलब तुम्हारे मन में प्यार की जगह मेरे लिए हमदर्दी आ चुकी है; मुझे यक़ीन नहीं हो रहा कि तुम ये सब बताने के लिए यहाँ आयी हो… इससे तो ये सब तुम न बताती तो अच्छा था

शुचि।''

'नहीं...।'

''तुम्हारे मन में जो था, वो तो सुन ही चुका मैं; प्यार को परिस्थिति सापेक्ष मत बनाओ... क्या कहना चाहती हो; जब स्थिति, पक्ष में हुई, तब प्यार निभाओगी तुम और जब नहीं हुई तब... अगर मेरे माता-पिता जीवित होते, तो तुम कभी भी अपनी भावनाओं का इज़हार नहीं करती, यही न! रहने दो शुचि, मुझे हमदर्दी या दया नहीं चाहिए तुम्हारी... प्यार के बदले प्यार ही चाहा था, लेकिन तुमने तो एहसान करने की सोची।

''मेरी बात तो सुनो अनुराग...''

''बस शुचि, सुन ही तो रहा था तुम्हें।''

''मुझे ग़लत मत समझो अनुराग; मेरी बात समझने की कोशिश करो... मैं जानती हूँ कि जो भी मैंने कहा, उसके बाद तुम्हें यही लगेगा कि ये प्यार नहीं हमदर्दी है, लेकिन मेरी भी एक बात का जवाब दोगे...!''

''नहीं शुचि; सवाल-जवाब में अब कुछ नहीं रखा... परिस्थितिवश रिश्तों का निर्वाह नहीं करना आता मुझे और ये भी नहीं चाहिए कि तुम भी मजबूरियों में बँधकर रिश्ते निभाओ; आज़ाद हो तुम, लेकिन मुझे हमदर्दी के बन्धन में मत बाँधो।''

''शान्त हो जाओ अनुराग; मेरी बात का जवाब दे दो बस।''

अनुराग बैठ गया। उसे अच्छा नहीं लग रहा था। शुचि की कही बातें परेशान कर गयीं उसे। नहीं चाहता था वह कि उसकी किसी भी बात का जवाब दे।

लेकिन प्यार करता था वह शुचि से। पहली बार अपने दिल की बातें उसके सामने रखा था शुचि ने। चाहकर भी उसका दिल नहीं दुखाना चाहता था वह।

''कहो शुचि, क्या कहना चाहती हो...!''

''कहना नहीं पूछना चाहती हूँ अनुराग; एक बात बताओ; मेरे अतीत की परिस्थितियाँ, मेरे घर परिवार की सच्चाई, सभी कुछ से वाक़िफ़ थे न तुम...।''

'हाँ।'

''तो क्या तुम्हारे प्यार को मैंने कभी हमदर्दी समझा? मैंने कभी भी ये नहीं सोचा कि मेरे हालात पर दया करके तुम मुझसे सहानुभूति जता रहे हो... परिस्थितियाँ हमारे वश में तो नहीं होती, यही सोचकर मुझसे प्यार किया न तुमने।''

''लेकिन मेरी भावनाएँ अलग रही हैं तुम्हारी भावनाओं से।''

''यह तुम कैसे कह सकते हो?''

''देखा शुचि, तुम ख़ुद भी जानती हो कि तुम अब तक अपनी भावनाएँ मुझसे छुपा रही थीं, जबकि मेरे बारे में तुम्हें पता नहीं था।''

''हाँ ये सच है; मैं इससे इंकार नहीं करती; लेकिन तुम अब पूरी तरह से मेरी इसी बात पर ध्यान केन्द्रित कर रहे हो अनुराग; दूसरा पहलू भी तो देख लो।''

बहुत परेशान हो ली अनुराग, अब और मुझे यूँ परेशान न करो... मैंने तुम्हारे माता-पिता के ख़्वाबों के बारे में सोचकर कोई गुनाह तो नहीं किया न।'' रुआँसी हो गयी शुचि।

ख़ामोशी फैल गयी चारों तरफ़। अनुराग को अफ़सोस होने लगा। जिस शुचि की एक प्यार भरी नज़र के लिए तड़पता था वह, आज वही शुचि, निःस्वार्थ भाव से अपनी भावनाओं का समर्पण कर रही थी और वह उसकी एक कमज़ोरी की सज़ा उसे इस तरह दे रहा है। कोई ग़लती तो नहीं की बेचारी ने उसके माता-पिता के बारे में सोचकर। क्या यह कम था कि शुचि भी उससे प्यार करती थी... बस मजबूरीवश कह नहीं पा रही थी और फिर वह भी तो यही चाहता था; तो फिर सामने होने पर भला शुचि का दिल क्यों दुखा रहा है वह।

भावुक हो गया वह, ''मुझे माफ कर दो शुचि...।''

''ग़लती मुझसे भी हुई है अनुराग; बहुत इंतज़ार करवाया तुम्हें।''

''नहीं शुचि; मैंने आज पहली और आख़िरी बार तुम्हारा दिल दुखाया है; मुझे सच में ऐसा नहीं करना चाहिए था... कितनी अजीब बात है न, जब तुम्हें नहीं समझता था, तब तुम्हारी हर बात सही लगती थी और आज जब तुम ख़ुद स्वीकार कर रही हो, तो मैंने तुम्हें ग़लत समझा, मुझे माफ कर दो।''

आँसू नहीं, अमृत बरस रहा था आँखों से। एक सम्मोहन था उन दोनों के बीच हो रही भावाभिव्यक्ति में। उनकी चेतना में एक आरामदेह बेचैनी सी हो रही थी। वाक़िफ़ थे एक-दूसरे की अवस्था से।

''मैं तुमसे प्यार करता हूँ शुचि.... क्या तुम अपना जीवन मेरे साथ बिताना चाहोगी...!'' एक-एक शब्द में एक-एक उम्र झलक रही थी। सम्मोहित हो गयी थी शुचि ''मैं भी तुमसे प्यार करती हूँ अनुराग... तुम्हारे साथ जीवन बिताने से ज़्यादा ख़ूबसूरत मेरे लिए कुछ और हो भी नहीं सकता; ज़िन्दगी अब किसी फूल की तरह महक रही है, प्रकृति गुनगुना रही है, आँखों में नाज़ुक से ख़्वाब बसने लगे हैं अनुराग आँखों में नाज़ुक से ख़्वाब बसने लगे हैं।'' अनुराग के दोनों हाथों में थामा हुआ शुचि का चेहरा, खिलते हुए किसी कमल सा प्रतीत हो रहा था।

''अनुराग! ये जो आज हम साथ हैं, इसमें जाह्नवी दीदी का बहुत बड़ा सहयोग है; हमें उनके प्रति कृतज्ञ होना चाहिए; मैं चाहती हूँ, हम उनके पास ख़ुद जाकर उनका शुक्रिया अदा करें।''

''ठीक कहती हो शुचि; हम चलेंगे।''

जाह्नवी घर आकर यही सोचती रही कि समझा तो आयी वह शुचि को, लेकिन न जाने वह क्या फैसला लेगी; अपनी ज़िन्दगी के प्रति कुछ ज़्यादा ही सख़्त हो गयी थी वह। उपन्यास के लिए कुछ शब्द ही लिख पायी थी वह, कि डोरबेल बजी। उफ! क्या मुसीबत है... जब भी शान्ति से कोई काम करना चाहो, कोई न कोई आयेगा ही परेशान करने के लिए। लगभग

गुस्से में तमतमाती हुई गयी और तेजी से दरवाज़ा खोल दिया। सामने शुचि और अनुराग खड़े मुस्करा रहे थे।

''अरे! तुम दोनों यहाँ... वहाँ सब ठीक तो है न, कोई परेशानी है क्या?''

''हाँ बहुत बड़ी परेशानी है मैम; अब आप ही कुछ कर सकती हैं।''

''क्या हो गया... अभी थोड़ी देर पहले ही तो आयी हूँ वहाँ से, सब कुछ तो ठीक ही था।''

''सब कुछ ठीक तो तब होगा, जब आप शुचि को यह समझाएँगी कि शादी की तारीख़ वही रहेगी, जो आप तय करेंगी।''

जाह्नवी लगभग चौंक गयी। क्या प्रतिक्रिया दे, उसे समझ नहीं आया। इतनी जल्दी सब कुछ सही हो जाएगा, यह सोचा नहीं था उसने।

''क्या मतलब...! इसका मतलब तुम दोनों... अरे वाह! मेरे सामने तो बड़े नाटक कर रही थी तुम, क्यों।'' मज़ाकिया माहौल बनाने के लिए कहा जाह्नवी ने। ''खैर, बहुत अच्छा लग रहा है अनुराग, कि तुम दोनों ने अपने तरीक़े से इस मुद्दे को सुलझा लिया; बहुत खुश हूँ यह जानकर कि तुम दोनों एक दूसरे के साथ जीवन भर एक ही रास्ते पर चलने को तैयार हो; मेरी तरफ़ से बहुत बहुत शुभकामनाएँ तुम दोनों को, अपने आने वाले भविष्य के लिए।''

''आपके बिना यह मुमकिन नहीं होता दीदी... आप और सुबोध अंकल के बिना मेरा जीवन सच में अधूरा ही रहता।''

''शुचि बिल्कुल ठीक कह रही है मैम; आपके और सुबोध जी के बिना तो यह जगह और यहाँ के लोग अधूरे ही हैं।''

''नहीं अनुराग; आप सभी के सहयोग और मेहनत के बिना अधूरी है यह जगह... जो भी हो, अब इन खुशी के लमहों को तुम दोनों को जीना चाहिए; हम तैयारी करते हैं तुम्हारी शादी की।'' हँस पड़े तीनों। ख़ुशनुमा माहौल हो गया।

काफी देर बात करने के बाद अनुराग और शुचि चले गये। थक गयी थी जाह्नवी। आँखें मूँदकर लेट गयी... सोने के लिए नहीं, बस यूँही आराम करने की तलब से। शुचि और अनुराग की ख़ुशियों को देखकर उसे समीर का ख़याल आने लगा। समीर ने जाने के बाद फोन भी नहीं किया; न जाने कब तक रूठा ही रहेगा... खैर, जाह्नवी खुश थी आज। नींद आ नहीं रही थी तो सोचा, क्यों न उपन्यास ही लिख लिया जाए, वैसे भी आज उसे अपनी कहानी आगे बढ़ाने के लिए शब्द जो मिल गये थे।

अपना पूरा वक्त अपनाघर को देने के बाद बहुत ज़्यादा व्यस्त रहते हुए भी पूरी तरह से आत्मसन्तुष्टि थी जाह्नवी को। जो संतोष और सुख, पैसों से नहीं मिलता, वह अपने मन को खुश रखने वाले कार्यों को करके मिलता है, सच है। काम भी काफी बढ़ गया था वहाँ का। जाह्नवी ने अनिकेत से बात करके तय किया था कि बिल्डिंग को थोड़ा और विस्तार दिया जाए।

बहुत समय बीत गया था। वैसे भी वक्त को कहाँ परवाह है कि कौन उसके साथ चल रहा है और कौन नहीं; उसे तो एक ही बंधन समझ में आता है... रफ़्तार का। जाह्नवी अपने ख़्वाब के प्रति मुखर होती चली जा रही थी। बहुत कुछ लिखा जा चुका था; कुछ बाक़ी था, जिसे छोड़ रखा था। अपने उपन्यास पर कभी भी मिट्टी की परत नहीं जमने दी उसने... इसी से महसूस होता था कि जीवित होने और मर जाने में क्या फ़र्क़ होता है। जीवन के रास्तों पर कभी-कभी किसी के साथ चलते हुए भी इंसान एक राह अलग निकाल ही लेता है ख़ुद के लिए, जिस पर उसे अकेले ही चलना होता है; इसे उसकी निजी स्वतंत्रता भी कह सकते हैं या चाहें तो स्वयं के ख्वाबों को पूरा करने के लिए ख़ुद के ही चुने हुए रास्तों पर चलने की इच्छा भी कह सकते हैं और फिर ज़रूरी भी तो है। इंसान पूरी तरह से किसी एक के प्रति समर्पित होने के बाद भी स्वयं की निजता को अक्षुण्ण बनाये रखना चाहता है, इसमें कुछ ग़लत भी नहीं है। हर व्यक्ति अपने आप में एक व्यक्तिगत व्यक्तित्व है; वह पूरी तरह से चाहकर भी 'स्वयं' को खो नहीं सकता और फिर ऐसा करना प्रकृति के नियमों के विरुद्ध भी है। एक चित्रकार भी किसी कृति की रचना करते समय, न चाहते हुए भी सोचे समझे चित्र में कहीं न कहीं स्वयं की भावनाओं का हस्तक्षेप होने देता है... अब यह उसकी निजता

की स्वतंत्रता का अहम् नहीं तो और क्या है। ईश्वर की भी अगर ऐसी ही मंशा होती, तो वह प्रत्येक व्यक्ति को अलग-अलग व्यक्तित्व के साथ क्यों भेजता। जाह्नवी के साथ भी यही हुआ। अपने उपन्यास में न चाहते हुए भी वह लिख रही थी कुछ ऐसी घटनायें, जो उसी के रहते हुए हुई थीं।

जाह्नवी का विश्वास था कि जब तक इंसान जीवित है, तब तक उसके ख़्वाब भी जीवित हैं... ख़्वाब कभी नहीं मरते।

इंसान के विचार, उसकी सृजनात्मकता, उसकी शक्तियाँ, आत्मविश्वास, उसके अन्दर का प्रेम, भावनाएँ, अच्छी-बुरी सोच, सभी कुछ जीवित है, अगर वह स्वयं जीवित है। मरने से पहले मर जाने से ज़्यादा भयावह और दर्दनाक कुछ नहीं हो सकता। ज़िन्दा हैं तो ज़िन्दा दिखायी देना ज़रूरी है। इन्हीं सब बातों को जिया भी जाह्नवी ने। विचारों का बहाव है, जहाँ तक हम बह सकते हैं, उससे भी कहीं आगे बहाकर ले जा सकता है आपको... आपको ही थमना पड़ता है किसी दूसरे काम का सहारा लेकर। पूरा दिन बीत गया था विचारों के संसार ही में जाह्नवी का, लेकिन शुचि और अनुराग की खुशी से खुश थी वह। एक अच्छी नींद ली उस दिन उसने।

सुबह उठते ही लॉन में आ गयी जाह्नवी। अनिकेत, अख़बार पढ़ रहे थे। एक ख़ास आदत थी... जाह्नवी के उठने से पहले ही उठ जाते थे अनि।

'...गुड मार्निंग!'

"गुड मार्निंग अनि; क्या कुछ ख़ास आया है आज के न्यूज पेपर में...!"

"खास...! खास तो क्या आना है, बस वही चारों तरफ पॉलिटिक्स की ख़बरें; देश का सबसे ज्वलन्त मुद्दा भी तो यही है, क्या करें।" व्यंग्य किया अनिकेत ने। अख़बार पढ़ते पढ़ते तेज़ शोर की आवाज़ें आने लगीं। इतनी सुबह-सुबह शोर थोड़ा विचलित कर देता है। उठकर देखा अनिकेत ने, तो चार घर दूर, भगत के घर से आवाज़ें आ रही थीं, कोहराम मचा हुआ था। काफी दिनों से उसके पिताजी की तबियत ख़राब थी, लगा कि शायद उनकी ही... लेकिन आवाज़ें झगड़े की थीं। भगत और उसकी पत्नी गौरी,

अपने माता-पिता को घर से निकल जाने के लिए मजबूर कर रहे थे।

अनि तो सहज थे, बोले... "तो जाह्नवी, तुम्हारे यहाँ दो सदस्यों का और इज़ाफ़ा।"

जाह्नवी को कहाँ चैन था। थोड़ा सा बीच बचाव करके मोहल्ले वालों ने थोड़ी देर का समझौता करवा दिया।

कुछ भी बदलने वाला तो था नहीं; बस जाह्नवी ने ही 'अपनाघर' में आने का 'प्रस्ताव' दिया। भगत और गौरी को और क्या चाहिए था... सहर्ष तैयार। बड़ी खुशी-खुशी दोनों ने निर्लज्जता के साथ माता-पिता को विदा किया। लाग लपेट की बातें जाह्नवी ने फटकार के साथ बंद करवा दीं उनकी।

'अपनाघर' पहुँचने के बाद शुचि को उनके रहने की व्यवस्था के लिए कहकर उन दोनों बेबस प्राणियों को गहरे अवसाद से मुक्ति दिलाने का प्रयास कर रही थी जाह्नवी; बैठी रही बहुत देर तक उन्हीं के पास। वहाँ आने वाले लोगों को सहज होने में वक्त लगता था, जानती थी वह; इसलिए उन्हें समझाकर लाइब्रेरी चली गयी।

उपन्यास लिखने बैठी ही थी कि कुछ वक्त पहले पढ़ी हुई गुलज़ार साहब की पंक्तियाँ याद आ गयीं, बुज़ुर्गों के लिए ही कही गयी थीं...

दूर सुनसान-से साहिल के क़रीब
इक जवां पेड़ के पास
उम्र के दर्द लिए
वक्त का मटियाला दुशाला ओढ़े।
बूढ़ा सा पॉम का पेड़ खड़ा है कब से
सैकड़ों सालों की तन्हाई के बाद
झुक के कहता है, जवां पेड़ से,
यार! सर्द सन्नाटा है, तन्हाई है, कुछ बात करो।

(गुलज़ार)

किसी इंसान के इस तरह के दुःख से निर्लिप्त होकर आख़िर कब तक

रहा जा सकता है। कभी तो ढलेगा कोई इसके इस भयावह अकेलेपन में। भीड़ में रहकर भी स्वयं के ही घर से निष्कासित इन बुज़ुर्गों के अन्तर्मन में विचरण कर रहे जंगल बियावान, इन्हें सदैव डराते रहते हैं। सुबह, दोपहर, साँझ, रात... चार पहर... उम्र... चली कहाँ गयी हैं रिश्तों की संवेदनाएँ...! यह व्यावहारिक होने का सही मायनों में अर्थ क्या है और फिर रिश्तों में व्यावहारिकता का क्या मतलब होता है। युवा पीढ़ी इसी व्यावहारिकता का दामन थामे चली जा रही है।

जाह्नवी के लिए तो किसी शायर की कही पंक्तियाँ ज़्यादा मायने रखती थीं...

''बादशाहों की हसीं उन ख़्वाबगाहों में कहाँ, वो मज़ा जो भीगी-भीगी घास पर सोने में है।''

निजता का राग अलापने वाले लोग रिश्तों में व्यावहारिकता पसन्द करते हैं; न जाने इसके मायने क्या हैं। लिखने में ही व्यस्त थी जाह्नवी आज, तभी फोन बन उठा... अनिकेत का था।

''हाँ अनिकेत!''

''जाह्नवी! घर आ पाओगी क्या... मैं आज जल्दी आ गया; तबियत ख़राब लग रही है।''

''अरे! क्या हो गया, सुबह तक तो ठीक ही थी न।''

''पता नहीं, बस जी कुछ ठीक नहीं लग रहा था तो...''

''हाँ-हाँ, मैं अभी आती हूँ, अनुराग छोड़ देगा।''

अनिकेत की तबियत को ज़रा सा कुछ हो जाए तो जाह्नवी की अधीरता का कोई इलाज नहीं। घर जाकर पता चला कि अनिकेत मज़ाक़ कर रहे थे। आज मन किया तो बस घर आ गये। हालाँकि बहुत सुनाया जाह्नवी ने... अनिकेत को कहाँ बुरी लगती थी उसकी डाँट; सुनते रहे, फिर बोले- ''हो गया... अब ठण्डा पानी पी लो।'' और हँस पड़े दोनों।

''अरे जाह्नवी! वो तुम्हारे उपन्यास का क्या हुआ, आजकल लिखती

नहीं हो क्या; देखा ही नहीं तुम्हें लिखते हुए बहुत दिन हो गये... कहाँ तक पहुँची... तुम्हारी उस 'अनन्या' का क्या हुआ।''

जाह्नवी, आश्चर्य से देखने लगी अनिकेत को, जैसे कि न जाने उसने ऐसा क्या पूछ लिया।

'अनन्या!'

''हाँ, अनन्या तुम्हारे उपन्यास का मुख्य किरदार है न!''

''तुम्हें कैसे पता? तुमने पढ़ा है क्या... लेकिन कब पढ़ा?''

''अरे, पढ़ा तो कहाँ, तुमने ही तो बताया था एक बार किरदारों के बारे में।''

''ओह! तो तुम्हें याद रहा।''

हाँ, इसमें भूलना याद रखना क्या है; तुमने बताया था तो मुझे मालूम है।''

''मालूम होने और याद होने में बहुत फ़र्क़ होता है; याद हमें रखना पड़ता है, जबकि मालूम तो हमें बहुत सी बातें होती हैं, लेकिन वक्त पर याद नहीं आतीं... याद रखना ज़्यादा महत्त्वपूर्ण है; खैर... हाँ, लिखती हूँ कभी-कभी वक्त निकालकर।''

''अच्छा, कहाँ तक पहुँची हो?''

''कुछ ख़ास नहीं... बहुत दिन हो गये, न, तो कुछ विशेष लिख नहीं पा रही हूँ; एक जगह विशेष जगह पर अटकी पड़ी हूँ।''

''अरे हाँ, मैं तो पूछना ही भूल गया; भगत के माता-पिता की व्यवस्था अच्छे से हो गयी न!''

''हाँ, हो गयी; बाक़ी तो वक्त अपना काम करेगा... उन्हें भी वक्त से ही मित्रता करनी पड़ेगी, तभी जाकर सहज हो पायेंगे; वैसे भी वक्त से बढ़कर है ही क्या; इसी से दोस्ती कर लो तो ही रफ़्तार के साथ क़दमताल कर सकते हो।''

''हाँ, वो तो है।''

''निखिल जी कैसे हैं अनि? बहुत वक़्त हो गया, कोई ख़बर नहीं; तुमसे तो मुलाक़ात होती ही है।''

''बढ़िया हैं, मज़े में एकदम।''

''आज उनका ख़याल कैसे आ गया?''

''नहीं बस यूँ ही; वो उनकी पत्नी एक अजीब औरत है।'' कहकर जाह्नवी खुद पछतायी, कि नाम ही क्यों लिया।

''जाह्नवी, तुम्हें उससे इतनी चिढ़ क्यों है?''

''प्लीज अनि, अब तुम शुरू मत हो जाना।'' हँस पड़े दोनों।

जाह्नवी उठकर जाने लगी, तो अनिकेत बोलने लगे, ''अरे भाई, कभी तो बिना वजह बिना किसी काम के दिन बिताया करो; कभी बातें करके भी तो दिन बिताया जा सकता है।''

''हाँ तो बातें करते करते काम भी तो किया जा सकता है।''

''जाह्नवी... तुम्हें नहीं लगता, कभी ऐसा भी हो कि हम सिर्फ बातें ही करते रहें; बस इस तरह से ही फ़ालतू बैठे रहें... कोई सोच नहीं, कोई विचार नहीं, बस मैं बोलूँ तुम सुनो...'' जाह्नवी ने जैसे ही देखा, अनिकेत हँसने लगे, समझ गये। ''अरे... मेरा मतलब तुम बोलो और मैं सुनता रहूँ।'' जाह्नवी को लगने लगा, आज सच में ही तबियत ठीक नहीं है अनिकेत की, नहीं तो ऐसी बातें तो शादी से पहले किया करते थे, आज क्या हो गया।

''अनि ऐसा करो, तुम आराम करो, तुम्हारी तबियत ठीक नहीं लग रही।''

''मज़ाक़ नहीं कर रहा बाबा; सच में सोचो न, अगर ऐसा हो तो।''

अच्छा सुनो जाह्नवी... यह मीरा का चित्र जो तुमने लगा रखा है, इसमें मीरा, कृष्ण से कह क्या रही है; मेरा मतलब है कि यह तो एक ख़्वाब है न,

नहीं तो मिल ही कहाँ पायी थी अपने आराध्य से वह।''

''आज अचानक क्या हो गया है तुम्हें; यह पेंटिंग तो पिछले दो सालों से लगी हुई है।''

''ग़लती हो गयी जो उस समय नहीं पूछ पाया; अब पूछ रहा हूँ... अरे क्या बाबा, अब बता दो ना।''

जाह्नवी को लगा, सवाल के बदले सवाल करना ग़लत है; बताने लगी वह अनिकेत को उस चित्र के बारे में।

मीरा; वैराग्य को बहुत ज़्यादा प्रेम नहीं करती थी; यहाँ वह अपने कृष्ण से याचना कर रही है कि वैराग्य से ही तू मिले यह ज़रूरी नहीं है; हाँ, लेकिन अगर तुझे वैराग्य पसंद है, तो ठीक है। मीरा को तो बस कृष्ण मिलें; अब वह जिस विधि मिलें, वही सही मानती है मीरा-

> *मुझमें हर रंग अब तुम्हारा है*
> *लाल ना रँगाऊँ, हरी ना रँगाऊँ*
> *अब तो सब ही के पास है मौजूद*
> *कौन कहता है कि तू हमारा है*

(रामकथा)

''अनि, यह एक वार्तालाप है और वह भी एक तरफ़ा; मीरा अपने जागते हुए ख़्वाबों में कृष्ण से बात कर रही है। मीरा से लोग जो कहते थे कि वह अपने पति का, अपने ससुराल वालों का तिरस्कार करती है... उसका यही कहना था कि वह तिरस्कार नहीं करती, वह तो परवाह नहीं करती। फ़र्क़ है बड़ा, तिरस्कार करने और परवाह न करने में। मीरा को सारे ही धर्म कर्म कृष्णमय लगते हैं।''

''जाह्नवी, मीरा तो है नहीं, लेकिन हाँ दुनिया में उसकी...''

बीच में ही रोक दिया जाह्नवी ने अनिकेत को... ''नहीं, यह किसने कहा कि मीरा अब नहीं है; अरे वह तो अमर है, कालातीत, युगातीत है... उसे समय में; भूत, वर्तमान, भविष्य में नहीं बाँधा जा सकता।

मीरा भक्तिमार्गी है अनि; उसे रूढ़िवादिता में कोई रुचि नहीं है; उसे तो बस वह रूप अपना लेना है, जिससे कि अपने आराध्य को पा जाये... इस चित्र में बस वह कृष्ण से यही बात कह रही है कि जिस रूप में तू मुझे मिले, वही रूप धरूँ मैं।''

''तो क्या मीरा, वैरागी नहीं थी जाह्नवी?''

''नहीं, सांसारिक थी।''

''लेकिन सुनने में तो यही आता है कि वह...''

''कि वह वैरागी थी, है न?''

'हाँ।'

''वही अनि; वही तो मैं समझा रही हूँ कि वैराग्य उसे इसलिए धारण करने की इच्छा है, कि वह तो पूछ रही है कृष्ण से, अगर तू इस तरह प्राप्त हो तो यही रूप सही।''

''यह व्याख्या आत्मरचित भी तो हो सकती है जाह्नवी!''

''हाँ, हो सकती है और वो तो किसी भी चित्र की हो सकती है; निर्भर करता है व्याख्या करने वालों पर।''

''तुम्हें एक वृत्तान्त सुनाती हूँ अनि, शायद तब तुम इस स्वप्न से निर्मित चित्र की व्याख्या को मेरी नज़र से समझ पाओ; मैंने भी कहीं सुना है, यह वृत्तान्त अच्छा है।''

एक बार स्वामी रामतीर्थ, शहर से गुज़र रहे थे। चलते-चलते वह एक ऐसी जगह पर पहुँच गये, जहाँ चारों तरफ आँखों में चुभने वाली रोशनी, तेज शोर... कानों को चुभने और परेशान कर देने वाला। जगह-जगह अजीब- सी वेशभूषा में खड़े स्त्री पुरुष। सामने उस शहर की 'नगरबधू' खड़ी थी। उसने स्वामी जी को स्वयं की ओर देखते हुए देख लिया था। आश्चर्य की कोई सीमा नहीं थी उसकी। सोचने लगी, ऐसे महापुरुष का यहाँ क्या काम... यहाँ तो भोग भी एक तपस्या है और इन जैसा तपस्वी मानव यहाँ। व्यंग्य करके पूछा उसने स्वामी रामतीर्थ से, उनके वहाँ घूमने का

प्रयोजन। समझ गये; गूढ़पुरुष तो वे थे ही, हँसने लगे। यद्यपि जवाब देना ज़रूरी तो नहीं था, तथापि उस अबोध स्त्री से बोले-

न तेरी गरज़, न तेरे रूप की गरज़

मैं तो मेरे मालिक की क़लम को देख रहा हूँ।

तो अनिकेत... यही होता है, जब आपको अपने आराध्य को पा जाने की ललक होती है, या कि जब पा चुके होते हैं... लोगों की नज़र में आपका, आपके प्रभु को देखने का या उसकी तारीफ़ करने का, उसे पा जाने का तरीक़ा ग़लत भी हो सकता है, लेकिन फिर यह है तो आख़िरकार आपका अपना निजी मामला; मीरा भी वही करती है अनि।''

''हम्म... अब यह चित्र ज़्यादा सुन्दर लगने लगा है जाह्नवी।''

''नज़रिया सुन्दर होना चाहिए, नज़र तो सबके पास एक जैसी ही होती है अनि।''

''बिल्कुल ठीक कहा।''

''और बताओ; यह जो चित्र लगा हुआ है सामने, इसकी भी व्याख्या करूँ क्या?'' ड्राइंग रूम में अनिकेत और जाह्नवी का एक फोटो लगा हुआ था, उसी की तरफ इशारा करके पूछा जाह्नवी ने।

''नहीं, इसकी व्याख्या मैं करता हूँ।'' हँस पड़े दोनों।

आज बहुत समय बाद जाह्नवी को अनिकेत का इस तरह से बात करना बड़ा भा रहा था।

आज उसे लग रहा था कि कुछ अच्छा लिख पायेगी वह।

''तुम्हें पता है जाह्नवी, मेरे पास अनुराग का फोन आया था।''

'कब?'

''जिस दिन तुम शुचि से बात करने गयी थी; तुमने तो नहीं बताया मुझे, लेकिन सब ख़बर रखता हूँ मैं।'' हँसने लगे अनि।

'अच्छा...!'

''तो, आखिरकार तुम्हारी इच्छा पूरी हो गयी जाह्नवी; लेकिन यह तो तुमने भी कभी नहीं सोचा होगा न, कि शुचि के लिए अलग से कभी कोशिश करने की ज़रूरत नहीं पड़ेगी तुम्हें।''

''हाँ, यह तो एक इत्तफ़ाक ही रहा अनि।''

''अभी तुम्हारे कुछ ख़्वाब और बाक़ी हैं न...?''

जाह्नवी को समझ नहीं आ रहा था, आख़िर आज यह हो क्या रहा है अनिकेत को। जाह्नवी के ख़्वाब उसके अन्तर्मन में तो हमेशा से ही ज़िन्दा थे, लेकिन आज अनिकेत में कैसे जाग उठे? कहीं जाह्नवी की डायरी तो नहीं पढ़ ली।

''आज मेरे ख़्वाबों की याद कैसे आ गयी अनि?''

''दिल के तार बँधे तो आस-पास ही थे, लेकिन शायद दूर तक खिंच गये थे... वापस पास आने में वक्त लग गया जाह्नवी; तुमसे दूर तो कभी भी नहीं गया, लेकिन जहाँ अन्तर्मन जुड़े हुए होते हैं, वहाँ अनजाने में भी दूर चले जाना गुनाह ही तो है; मुझसे भी जाने अनजाने हो गया; जानता हूँ तुमसे सजा दी नहीं जायेगी, लेकिन मुझे प्रायश्चित करना है।''

''क्या कह रहे हो अनि, ऐसा तो कुछ भी नहीं है।'' जाह्नवी एक ऐसा दिखावा कर रही थी, जिसकी नाटकीयता खुद ही पकड़वाना चाहती थी अनिकेत से। वह चाह रही थी कि अनिकेत समझ जायें कि हाँ, जाह्नवी को शिकायत है उनसे।

''प्रायश्चित ही सबसे बड़ा तीर्थ है न! मुझे भी यात्रा करनी है इस तीर्थ तक; मैंने कभी भी जानबूझकर तुम्हारे सपनों से मुँह नहीं मोड़ा, लेकिन न जाने कैसे मैं विमुख होता चला गया; अब जब लौटा हूँ, तो तुम विमुख जान पड़ती हो मुझसे।''

जाह्नवी सोचने लगी, कितनी अजीब बात है न; आज तक वह यह सोचती रही, कि जब कभी भी अनिकेत को यह एहसास होगा कि उसने

वादा करके भी जाह्नवी के ख़्वाबों को बीच रास्ते में छोड़ दिया, तब वह हिसाब माँगेगी अपने एक-एक पल का... उन पलों का, जो उसने अपने ख़्वाबों को पूरा करने में बिताने की जगह, दुनियादारी के कामों में बिता दिये। यह क्या लेकिन... वह तो ख़ुश हो गयी थी अनिकेत के इतना कह देने मात्र से। हँस पड़ी एक सुकून भरी हँसी। सच ही तो है; यही तो प्रेम की पराकाष्ठा है, जहाँ पहुँचकर कोई शिकायत नहीं, कोई ग़िला नहीं। सच है; मनुष्य के चेतन मन से ज़्यादा गहरा होता है उसका अवचेतन मन... जब कभी यह जागृत हो जाए, तो चेतन, चेतन नहीं लगता। 'फ्रॉयड' का मनोविश्लेषण याद आ गया जाह्नवी को... बहुत गहराई से पढ़ा था उसने।

"मुझे कुछ वक्त दो जाह्नवी; मैं पूरे करूँगा तुम्हारे ख़्वाब।"

एक खुशनुमा तन्द्रा से जागी वह। सहसा मुस्कराने लगी अनिकेत के सामने।

"मैं चाय बनाकर लाती हूँ तुम्हारे लिये।"

"नहीं, तुम बैठो, मैं कॉफी बनाकर लाता हूँ।"

जब अनिकेत ने जाह्नवी को मनाया था शादी के लिए, तब वह यही चाहती थी कि वे दोनों एक 'साथ' में बँधें, 'सम्बन्ध' में नहीं।"

फ़र्क़ होता है 'साथ' में और 'सम्बन्ध' में। आज वही साथ नज़र आ रहा था एक बार फिर। कभी-कभी ग़लती के प्रायश्चित से ज़्यादा अच्छा लगता है ग़लती का एहसास होना। प्रायश्चित तो मजबूरीवश भी किया जा सकता है, लेकिन एहसास वह अवस्था है, जो अन्दर से उठी हूक के परिणामस्वरूप ही पैदा हो सकती है। वैसे भी रिश्तों में एहसास और भावनाओं से बढ़कर कोई उच्चतर अवस्था हो ही नहीं सकती। याद आ गयी उसे मीरा की ख़्वाहिश, जो उसने कृष्ण से की थी... "सम्बन्ध नहीं चाहती तुम्हारे साथ; साथ चाहती हूँ तुम्हारा।"

"लीजिए मैडम, कॉफी।"

समीर के क्या हाल हैं जाह्नवी; बहुत दिन हुए कोई ख़बर ही नहीं।"

''पता नहीं।''

''पता नहीं मतलब...!''

''वह जब से यहाँ से गया है, मुझसे कोई बात नहीं की है उसने।''

''तुमने बहुत कड़वी बात कह दी थी उसे।''

''मैंने तो सच कहा था और वह तो कड़वा होता ही है।''

''रिश्तों में थोड़ा सा सच कम भी बोला जाए तो क्या हर्ज है जाह्नवी।''

''क्यों... रिश्तों में सच झूठ के मापदण्ड अलग हो जाते हैं क्या।''

''नहीं बाबा, यह नहीं कह रहा मैं; समीर से वह बात तुम अलग तरीक़े से भी कह सकती थीं; सीधे ही कह दी तुमने।''

''सीधे ही कह दी जाने वाली बातों का समाधान भी सीधा ही होता है अनि; जीवन भर उसकी ग़लती का एहसास मन ही मन करवाने से अच्छा था, कि मैंने उसे जीवन भर की ग्लानि से बचा लिया... अभी शायद नाराज़ है मुझसे, लेकिन आजीवन मैं अपने अन्तर्मन में उसके प्रति नाराज़गी नहीं चाहती थी।''

''जाह्नवी, जो भी हो, क्या तुम्हें नहीं लगता कि तुम्हें समीर की ख़ातिर पापा से बात करनी चाहिए; वह तुम्हारे सिवा और कह भी किससे सकता था।''

अनि का इस तरह से कहना, जाह्नवी को परेशान कर गया, लेकिन कह कुछ भी नहीं पायी वह।

''काश कि खुशियों का क्रम कभी टूटे ही नहीं... काश कि सब कुछ सन्तुलित ही हो; हिसाब बिगड़े ही नहीं।'' जाह्नवी की उद्वेग-भरी इस बात पर अनिकेत, प्रतिक्रिया नहीं दे पाये।

''अच्छा एक बात बताओ जाह्नवी; यदि तुम्हारे एक बार बात करने मात्र से ही कुछ हो पाये, तो इसमें हर्ज ही क्या है? तुम्हारी बेचैनी और

अकुलाहट नज़र आ ही रही है।''

क्षणभर के लिए पलकें उठाकर उसने अनिकेत की ओर देखा ''अनि, जब किसी बात का इन्तज़ार ज्यादा लम्बा खिंच जाये, तब बेचैनी होना स्वाभाविक है।''

अनिकेत ने ध्यान दिया, जाह्नवी की दृष्टि में जो भाव झलक रहे थे, वो निराशा के नहीं थे... बस चिन्तन के थे और चिन्तन की प्रक्रिया में बेचैनी तो होती ही है, इसमें अस्वाभाविक तो कुछ भी नहीं। अपने-अपने कार्य में लग जाना ही ठीक लगा दोनों को।

सुबह उठते ही दैनिक कार्यों में व्यस्त रहते हुए भी मन पूरी तरह से एकाकी था। कार्य तो दिमाग़ कर रहा था, लेकिन मन में स्थिरता नहीं थी जाह्नवी के। आज अगर 'अपनाघर' न जाऊँ तो... यहाँ आज वैसे भी अभी प्रस्तावित है, शुरू तो हुआ भी नहीं है... ठीक है तो आज मैं घर पर ही रहती हूँ। काम करते-करते जाह्नवी ने तय कर लिया कि आज वह नहीं जायेगी।

''क्या हुआ जाह्नवी, आज जाना नहीं है क्या?''

'नहीं।'

''क्यों, क्या हुआ।''

''बस मन नहीं है, आज बस आराम करना है।''

बिना किसी आश्चर्य के अनिकेत ने भी तुरन्त कह दिया - ''हाँ यही ठीक रहेगा, तुम आराम ही कर लो।'' बात हो ही रही थी कि फोन बज उठा।

''हैलो हाँ... बोलो शुचि... मैं तुम्हें फोन करने ही वाली थी, मैं आज...''

जाह्नवी अपनी बात पूरी कर भी नहीं पायी थी कि शुचि बीच में ही बोल पड़ी, ''दीदी, आप आज जल्दी आ जाना, अवतार अंकल की तबियत बहुत बिगड़ गयी है।''

"ओह! ठीक है मैं पहुँचती हूँ।"

"क्या हो गया जाह्नवी, सब ठीक तो है न!"

"अवतार अंकल की तबियत ठीक होने का नाम ही नहीं ले रही।"

"ओह! जब से भगत और गौरी से दूर गये हैं न, तब से बीमार ही हैं जाह्नवी... हमें भगत को बता देना चाहिए, शायद उसका दिल पिघल जाये।"

"पत्थर से पिघलने की आशा क्या करना।"

"चमत्कार भी होते हैं दुनिया में जाह्नवी; उम्मीद पर दुनिया क़ायम है।"

"चमत्कार!" व्यंग्य भरी निगाहों से देखा जाह्नवी ने अनिकेत को। "चमत्कार... माँ-बाप के प्रति अपने फ़र्ज़ और प्यार को चमत्कार भी कहते हैं क्या।"

"अब इस समय तो हमें भगत को बता ही देना चाहिए, मुझे तो यही लगता है।"

कुछ सोचकर जाह्नवी ने भी यही फैसला किया कि बता दिया जाए। "ठीक है अनि, तुम जाकर बता दो, मैं तो नहीं बताऊँगी।"

"ऐसा करते हैं जाह्नवी; मैं भगत के घर जाता हूँ, तुम 'अपना घर' चली जाओ... कोई ज़रूरत हो तो मुझे फोन कर देना, मैं पहुँच जाऊँगा; भगत के यहाँ से मैं सीधा ऑफिस निकलता हूँ।"

"हाँ, ठीक है।"

अनि को भगत के घर जाने में ज़रा भी वक्त नहीं लगा। दूर ही कितना था। घर तो क्या था, एक अव्यवस्थित सा बिखरा हुआ ईंट-सीमेंट का विशाल ढाँचा था, जहाँ निर्जीव वस्तुओं के लिए तो खूब जगह थी, लेकिन माँ-बाप के लिए एक कोना भर भी नहीं था। एक घृणा भरी नज़र से देखा अनिकेत ने भगत और उसकी पत्नी को। ये घृणा, वहाँ बिखरी बदबू से

कम, भगत की सोच की वजह से ज़्यादा थी।

'भगत...!'

अनि को देखते ही भगत और उसकी पत्नी ऐसे उठ खड़े हुए, मानों अनिकेत उनके लिए कोई बहुत बड़ी ख़ुशख़बरी लेकर आये हों।

''अरे... अनिकेत जी...! आइये, आइये... क्या बात है, आज इस वक्त इतनी सुबह-सुबह आप यहाँ, सब ख़ैरियत तो है।''

बड़ा आश्चर्य हो रहा था अनिकेत को। मैं इन दोनों का लगता ही क्या हूँ, जो मेरी ख़ैरियत पूछ रहे हैं... अनजाने रिश्तों की इतनी परवाह और जो इन लोगों के जीवन का आधार हैं, उनका ख़्याल तक नहीं। नींव की उपेक्षा करके भी कभी मज़बूत इमारत पायी जा सकती है भला। घृणा बढ़ती ही जा रही थी अनिकेत की। घुटन हो रही थी भगत के घर में। खैर, अनिकेत अपना फ़र्ज़ पूरा करने के लिए गये थे, सो बोले, ''भगत, तुम्हारे पिताजी की हालत बहुत ख़राब है; मुझे लगता है, उनका उनके ही घर से अलग होने का सदमा, उन्हें मानसिक रूप से स्थिर नहीं होने दे रहा; अगर तुम्हें ठीक लगे तो तुम उन्हें वापस...''

अनि अपना वाक्य पूरा भी नहीं कर पाये थे कि गौरी बोल पड़ी बीच में ही... ''देखिए अनिकेत भाईसाहब, आप नहीं जानते कि उन्होंने हमारे साथ क्या-क्या किया है; हमसे जितना हो सकता था, हमने किया, अब वो लोग सुधरने को तैयार ही नहीं, तो हम भी क्या कर सकते हैं।''

'उन्होंने' और 'वो लोग' जैसे सम्बोधन सुनकर अनिकेत को समझने में ज़रा वक्त लग गया, कि इन सम्बोधन शब्दों के माध्यम से गौरी अपने सास-ससुर को इंगित कर रही थी।

गौरी के साथ बात करना ज़रूरी नहीं समझा अनिकेत ने... सीधा ही भगत की ओर देखते हुए बोले... ''देखो भगत, मेरा फ़र्ज़ था तुम्हें बताना और मैंने बता दिया, आगे तुम्हारी मर्ज़ी।'' जाने के लिए मुड़े ही थे अनि... न जाने क्या सोचकर एक बार फिर भगत की ओर देखकर उसके पास जाकर धीरे से बोले, ''भगत, मैं तुम्हारे माता-पिता की बात कर रहा हूँ।''

रास्ते भर यही सोचते रहे अनिकेत, कि पता नहीं भगत ऐसे वक्त में भी अपना फ़र्ज़ समझेगा या नहीं। उधर जाह्नवी के 'अपना घर' पहुँचने की देर थी, शुचि ने सारा हाल कह डाला एक ही साँस में, जैसी कि उसकी आदत थी। जाह्नवी ने अनुराग से जानना चाहा।

''अनुराग, क्या लगता है तुम्हें!''

''मुझे लगता है मैम, इन्हें अपने ही घर से दूरी सहन नहीं हो पा रही।''

''लेकिन इनके बेटे ने ही इन्हें घर से निकाला है अनुराग।''

'आप ठीक कह रही हो, लेकिन ये लोग जब वहाँ रहते थे, तब उपेक्षा के बावजूद स्वस्थ थे और यहाँ सब कुछ होते हुए भी इनकी सेहत दिन प्रतिदिन बिगड़ती ही चली जा रही है।''

''तो क्या इन्हें वहीं रहने दिया जाए अनुराग; तुम सारे हालात से वाक़िफ़ तो हो ही।''

''लेकिन इनकी साँसें जहाँ चल सकें, रहना तो इन्हें वहीं चाहिए न; आख़िरकार मक़सद तो इनके बचे हुए जीवन का शान्तिपूर्वक निर्वाह है न!''

जाह्नवी को समझ नहीं आ रहा था कि अब क्या करे। जानबूझकर उन दोनों को भगत के यहाँ भी नहीं भेज सकती थी और यहाँ रखकर भी उनके लिए कुछ कर नहीं पा रही थी। यदि वहाँ उनके घर भेज देती, तो फिर वही रोज़ के झगड़े-कलह और अगर यहाँ रखती तो सेहत में आ रही गिरावट। क्या करें... एक बार अवतार अंकल से भी पूछ लिया जाए। यही ठीक लगा जाह्नवी को।

''अनुराग! मैं अवतार अंकल से ही बात करके कुछ फैसला ले पाऊँगी; दृढ़ होकर या सिर्फ अपने ही नजरिये के अनुसार मैं उनके बारे में कोई फैसला नहीं कर सकती।''

''आप देख लें मैम, लेकिन जो भी करना है जल्द करें; उनकी हालत

देखकर लगता नहीं कि अब वो ज़्यादा...''

अनुराग को जवाब दिये बिना ही जाह्नवी दौड़ पड़ी नर्सिंग होम की ओर। अवतार अंकल के पास उनकी पत्नी ऐसी मुद्रा में बैठी थीं कि किसी को भी देखकर उन पर दया आ जाए। अवतार अंकल से तो क्या बात करती वह, सीधे ही जानकी आंटी के पास गयी और पूछ बैठी, ''...आपको क्या लगता है, अंकल अगर वापस आपके बेटे के पास लौट जाएँ तो ठीक हो सकते हैं क्या?''

''पता नहीं जाह्नवी; सदमा इन्हें अपना घर छोड़ने का नहीं, बल्कि इस बात का लगा है कि जिस बेटे के लिए अपनी सारी ज़िन्दगी की जमा पूँजी न्यौछावर कर दी, वही बेटा आज ऐसी तुच्छ हरकत कर बैठा है।''

''तो फिर आप ही बताइये आंटी, कि इन्हें वापस वहाँ जाना चाहिए क्या!''

''नहीं जाह्नवी, मैं तो स्वयं भी अब वहाँ जाना नहीं चाहती, लेकिन इनकी सेहत से बढ़कर तो मैं भी क्या चाहूँगी।''

'फिर?'

''तुम ही पूछ लो न इनसे, अगर चाहें तो वापस इसी घर में...''

जाह्नवी ने बिना देरी किए अनिकेत को फोन लगा दिया।

''अनि... भगत से बात हुई थी क्या?''

''हाँ, हुई तो थी।''

''कुछ आसार...''

''नहीं, लगते तो नहीं; उसकी पत्नी ने साफ़-साफ़ मना कर दिया।''

''ठीक है अनि, मैं तुमसे बाद में बात करती हूँ।'' कुछ भी अप्रत्याशित नहीं था... पता ही था कि यही जवाब होगा भगत की तरफ़ से।

समझ ही नहीं पा रही थी जाह्नवी, कि अब कैसे समझाया जाए

अवतार अंकल को, कि उनका बेटा उन्हें उस घर में देखना तक नहीं चाहता। किस तरह की परिस्थितियाँ बन पड़ी थीं... क्या किया जा सकता था, जिससे कि किसी इंसान की साँसों को चलते रहने का आधार मिल सके। जाह्नवी यह भी नहीं चाहती थी कि तिरस्कारपूर्ण जीवन जीते रहें वो... और यह भी नहीं, कि यहाँ रहकर यह सदमा बर्दाश्त करते-करते उनका जीवन ही ख़त्म हो जाये। अब जो भी हो, मुझे इन लोगों को यह बता देना चाहिए कि इनके बेटे ने अपने माँ-बाप के लिए घर के दरवाज़े हमेशा के लिए बन्द कर दिये हैं।

देर करने का कोई फायदा तो नहीं था, लेकिन नुक़सान पूरा होना था... यही सोचकर जाह्नवी ने अवतार अंकल को हक़ीक़त बता ही दी और यह हक़ीक़त तो उन्हें पहले से ही पता थी, जाह्नवी ने तो दोहरायी भर थी। जाह्नवी को अवतार अंकल की दशा से कहीं ज़्यादा तरस, जानकी आंटी की मनोदशा पर आ रहा था। पति और बेटे दोनों की ही हालत पर दया और आश्चर्य की मिश्रिति और इससे भी कहीं ज़्यादा, विरोधाभासी स्थितियाँ; सन्तुलन बनाये तो बनाये कैसे। लेकिन इसी का ही तो नाम मानव जीवन है। उन्होंने भरसक प्रयास किये, अपने पति को समझाने के... लेकिन इंसान जब मरने से बहुत पहले मर जाता है, तो उसकी उस अवस्था का कोई समाधान नहीं। भगत के यहाँ जा नहीं सकते थे और यहाँ रहकर कोई सुधार हो नहीं पा रहा था। जानकी आंटी ने सब कुछ ईश्वर पर छोड़कर, अपना पति के प्रति फर्ज पूरा करने में मन लगा लिया। दिन-रात सेवा करतीं अवतार अंकल की, कि शायद ठीक हो जायें।

सब कुछ अपनी गति से चल रहा था। सबको यही लगा कि वक्त हर ज़ख़्म को भर देता है, इसीलिए अवतार अंकल भी वक्त रहते सब स्वीकार कर लेंगे। परिस्थितियाँ जब सामान्य हो जाती हैं, तब इन्सान वह कार्य करना चाहता है, जो कि वह हालात के सामान्य न रहते हुए कर नहीं पाता है। अनुराग और शुचि की शादी की तैयारियाँ करनी थीं, लेकिन मन में संकोच था कि अवतार अंकल की तबियत ज़रा ठीक हो तो...!

जाह्नवी को कभी-कभी यह लगता कि उसका जीवन-चक्र दूसरों से अलग है, लेकिन सभी का एक-दूसरे से अलग ही तो होता है... इंसान

उलझता तभी है, जब वह स्वयं अपने आस-पास समस्याओं का जाल बुन लेता है। इन्हें वृत्त के रूप में न लेकर यदि समानांतर रेखाओं की तरह से ले, तो उलझने की संभावना काफी कम हो जाती है। ख़ैर, ज़िन्दगी तो ऐसे ही चलती रहेगी और हमें भी उसके साथ ऐसे ही चलते रहना है, यही सोचकर जाह्नवी ने हालात के बीच सन्तुलन बनाकर चलना ठीक समझा।

शाम को घर पहुँचते ही अनिकेत ने एक सुकून भरी ख़बर दी। उनके ऑफिस में चल रही प्रमोशन की बातें उनके कानों तक पहुँची थीं किसी के माध्यम से।

‘‘सच में अनि...!’’ जाह्नवी को यक़ीन ही नहीं हो रहा था।

‘‘हाँ, अभी तक तो यही सुनने में आ रहा है, आगे देखते हैं क्या होता है जाह्नवी।’’

‘‘यह तो सच में बहुत ही अच्छी ख़बर है अनि; सुबह से अब जाकर सुकून मिला है।’’

‘‘अरे हाँ जाह्नवी, मैं तो पूछना ही भूल गया; फिर सुबह तुमने अवतार अंकल को भगत की मंशा के बारे में बता दिया क्या?’’

‘‘तो और क्या करती मैं...।’’

‘‘ओह! बड़ा दुख हुआ होगा... बेचारे... इस उम्र में ऐसे दिनों की आशंका भी नहीं की होगी कभी।’’

‘‘अब जैसा भी है, मैंने जानकी आंटी को समझा दिया है कि अंकल को धीरे-धीरे ही सही, लेकिन समझाएँ; वैसे भी अनि, आंटी काफी समझदार औरत हैं, सुलझी हुई हैं।’’

खाना खाते ही अनिकेत तो हमेशा की तरह टी.वी. देखने में व्यस्त हो गये। जाह्नवी अपने उपन्यास में लग गयी। उसे हर परिस्थिति में दो चीज़ों से आराम मिलता था... एक उसका रीडिंग रूम और दूसरा उसका लॉन। एकान्त में ही व्यक्ति उन मुद्दों के बारे में सोच विचार सकता है, जिनके बारे में भीड़ में नहीं सोच पाता।

ख़याल किसी भी दिशा में हो, विचार किसी भी विषय पर हो; जाह्नवी के ख़्वाब बीच में दस्तक दे ही देते थे; उसे ही स्वयं को खींचकर दूसरे विषयों में संलग्न करना पड़ता था। इंसान के भीतर एक बिल्कुल ही अलग दुनिया विचरण करती रहती है... मानसिक ओर अप्रत्यक्ष वैचारिक दुनिया; जहाँ उसकी अधूरी अभिव्यक्तियाँ भी पूर्ण प्रतीत होती हैं; जहाँ सब कुछ उसी का होता है... पूर्ण निजता, संपूर्ण स्वतन्त्रता; विशेषकर एक स्त्री के मन में, जहाँ, कुछ भी समाप्त नहीं होता, कुछ भी बिखरा हुआ नहीं होता। आन्तरिक दुनिया में वह स्वयं को खुलकर अभिव्यक्त कर पाती है, जहाँ कोई बन्दिशें नहीं हैं, बन्धन नहीं हैं; कोई भी किसी भी चीज़ का स्पष्टीकरण नहीं माँगता है... जहाँ एक इन्सान को सिर्फ और सिर्फ इन्सान की तरह समझा जाता है... 'स्त्री' या 'पुरुष' के लिंग समीकरण को नहीं आँका जाता। यूँ भी जाह्नवी ने उन बन्धनों को कभी बन्धन माना ही नहीं, जिन्हें इस दुनिया में बंदिशों के नाम से जाना जाता है। उसने तो कभी पायल को भी बेड़ियाँ समझकर नहीं पहना; एक आभूषण समझकर पहना।

ये दुनिया तो यूँ ही चलती रहेगी; जीवन-मृत्यु का क्रम भी सनातन चलता रहेगा; फिर यूँ सोच-सोचकर स्वयं को थकाकर क्या हासिल हो पायेगा, कुछ भी तो नहीं; तो फिर...? तो फिर क्या... ज़रूरी तो नहीं कि हर सोच के बदले में कुछ पाया ही जाए।

इतना सोच-विचार से कुछ होना तो है नहीं, तो आराम करो।

आराम करते समय मस्तिष्क विचार शून्य तो नहीं हो जाता; कुछ न कुछ अनवरत चलता रहता है। ऐसी कोई अवस्था है नहीं, जहाँ पहुँचकर विचारों से रिक्त हुआ जा सके और इन्सान इनसे मुक्त होना चाहे भी तो क्या... ये जो विचार हैं, शोर की तरह हैं; कभी एकदम मीठे तो कभी चुभते से... ये क्रमबद्ध तो कभी नहीं होते न और अगर हों भी तो क्या।

आज जाह्नवी को अपनी नानी की याद या गयी। 'नानी' शब्द ध्यान में आते ही एक गुदगुदी सी होने लगती थी। बड़े ग़ज़ब के दिन थे, दुनियादारी से कोई लेना-देना ही नहीं। एक बड़ा सा घर था... गर्मियों की छुट्टियों में दुनिया की सबसे प्यारी जगह लगती थी वह घर, जैसा कि अमूमन सारे

बच्चों को लगता है। परीक्षा ख़त्म होने के बाद परिणाम से ज्यादा इन्तज़ार नानी के घर पहुँचने का रहता था। उससे भी ज्यादा अकुलाहट, नानी के यहाँ रसोईघर में एक लोहे के टिन में रखे 'बिस्कुट' के पैकेट में से बारी-बारी से बँटने वाले हिस्से को लेकर रहती थी। शाम होते ही चाय बनने लगती थी, बत्ती वाले स्टोव पर। तेज आवाज़ करते हुए जलता था वह स्टोव... अच्छी लगती थी उसकी आवाज़। बस इन्तजार रहता था कि कब नानी, चाय के साथ चार 'बिस्कुट' देंगी, (हाँ बिस्कुट ही कहती थी नानी तो बिस्किट को)

गर्मियों में नाना जी क़रीब-क़रीब रोज़ ही आम ले आते थे। आम वही, जिनका रस हाथ से निकल पाये। काटकर निकालने के लिए मिक्सर उपलब्ध नहीं था। आमरस निकलने के बाद चाय के कपों में दिया जाता था। लेकिन जाह्नवी को हमेशा यही ग़ुस्सा आता था कि नानी इतनी कंजूस क्यों हैं, कप हमेशा तीन-चौथाई क्यों भरती हैं, कभी तो पूरा भरना चाहिए न। ये अलग बात है कि अब जाकर समझ आया कि यदि किसी एक सदस्य का कप पूरा भर दिया जाता, तो बाक़ी के सदस्यों को एक-चौथाई भी नहीं मिल पाता। कुछ चीज़ें बहुत नाज़ुक होती हैं, समझ में बहुत बाद में आती हैं। आज जब जाह्नवी खुद एक गृहस्थी बसाकर चल रही है, तब उसे समझ आया कि नानी का 'गृह-प्रबन्धन' ग़ज़ब का था। न जाने कैसे सँभाल लेती थीं हर चीज़ को, हर सदस्य को; जैसे तो कोई जादू की छड़ी सी थी उनके पास। कमाल की पाक-कला, हर चीज में पूर्णता की झलक, किसी भी मसले पर विश्लेषक की भाँति अपना मत रखने का गुण। ज्यादा पढ़ी-लिखी नहीं थीं नानी, लेकिन जो प्रबन्धन का और सबको संतुष्ट करते हुए चलने का गुण उनमें था, उससे उनका व्यावहारिक ज्ञान परिलक्षित होता था। नानी के घर के ठीक सामने रेल की पटरियाँ बनी हुई थीं। घर के दोनों तरफ़ घास के छोटे-छोटे मैदान से बने हुए थे। नानी उसमें सब्ज़ियाँ उगाती थीं। एक बड़ा सा अनार का पेड़ था। जब उस पर अनार आ जाते, वो थोड़ा झुक जाता था, जिसका उपयोग नानी सभी बच्चों को मिसाल देने में किया करतीं।

एक तरफ़ सब्ज़ियाँ उगा रखी थी, वहीं दूसरी तरफ़ एक जगह विशेष पर शिवलिंग स्थापित था, पास ही में एक गमले में तुलसी का हरा-भरा

पौधा आँखों को सुकून पहुँचाता था। सुबह-सुबह नहाने के बाद वहाँ जल चढ़ाने का नियम सभी के लिए था। जाह्नवी के लिए ये एक नियम से कहीं ज़्यादा, स्वयं की मानसिक और आध्यात्मिक सन्तुष्टि का परिचायक था। तुलसी के पौधों के बिल्कुल पास वाली जगह से सदैव ही चींटियों का एक झुण्ड निकलता रहता था... वो सभी शायद अण्डे लेकर जाती थीं; तब नानी कहा करती थीं कि अब बारिश होगी। चींटियों को आटा डालने की परम्परा सी रही थी नानी के घर की। घर के ठीक सामने बच्चों के खेल-कूद के लिए मैदान था... बहुत विशाल। वहाँ फिसलपट्टी, झूले, रेत बिखरी हुई; ऐसा प्रतीत होता था मानो एक अलग ही दुनिया नसीब हो गयी हो। बस सुकून ही सुकून। जाह्नवी को तीक्ष्ण अनुभूति हो रही थी; कहाँ ये दुनियादारी का जंजाल और कहाँ वो मासूम-सी अनुभूतियाँ। अब नानी बीमार हैं तो बात तक नहीं हो पाती... उस समय तो नानी के बीमार होते ही सारे बच्चे उनके आस-पास घेरा बनाकर बैठ जाते थे; तरह-तरह की अच्छी-अच्छी कहानियाँ सुनने को मिलती थीं।

जाह्नवी को याद था, नानी के यहाँ आस-पास रहने वाले सभी लोग किसी न किसी रिश्ते से जुड़े थे। नानी को 'अंकल-आंटी' जैसे सम्बोधन शब्दों से सख़्त परहेज़ था। वहाँ तो सभी बुज़ुर्ग, नाना-नानी और सभी युवा, मौसी या मामा ही हुआ करते थे... और आज एक ये वक्त है, जब चाचा-चाची, ताऊ-ताई सभी अंकल-आंटी ही हैं। एक ही ज़िन्दगी में कितनी अलग-अलग दुनिया में जीने को मिल जाता है न। हर लमहे का एक अलग अहसास होता है; शब्द कम पड़ जाते हैं उनकी अभिव्यक्ति के लिए। कभी-कभी यूँ लगने लगता कि काश वे सारे दिन फिर से लौट आयें, फिर से बच्चे बन जाएँ; किसी तरह की कोई चिन्ता न हो, फ़िक्र न हो। फ़िक्र हो भी तो बस यही कि शाम को आज भी नानी, कप पूरा भरकर रस देंगी या नहीं, अगर बीमार हुए तो माँ रातभर पास बैठी रहेंगी न।

जाह्नवी को हँसी आ गयी ये सोचकर, कि जब बचपन में बीमार पड़ जाते थे, तो जो भी बीमार होता था, यकायक ही उसकी महत्ता बढ़ जाती थी। सारा दिन उसी की पूछ होती रहती थी; कभी कोई कुछ लाता तो कभी कोई आकर सिर छूकर देखता कि बुखार कुछ कम हुआ या नहीं... और जो

बीमार पड़ा रहता था, वह स्वयं को किसी राजा-महाराजा से कम नहीं समझता था। उसे मालूम होता था कि जब तक बुखार की 'सुदृष्टि' उस पर बनी हुई है, तब तक उसकी ज़बरदस्त सेवा होगी ही। तो बुखार में आनन्द की जो असीम अनुभूति होती थी, वह स्वस्थ रहकर तो नहीं मिल सकती थी।

कह सकते हैं कि परिस्थितियाँ, वक्त के अनुसार अलग-अलग मायने रखती हैं, वरना बुखार तो आज भी होता है, लेकिन आज बुखार की मात्रा नानी सिर पर हाथ रखकर नहीं नापती... आज तो थर्मामीटर यह काम करता है।

नानी का परिवार संयुक्त परिवार था। संयुक्त परिवार की अपनी विशेषताएँ होती है; वहाँ अनुशासन और नियमों की परवाह किये बिना निर्वाह करना मुश्किल होता है... हाँ ये भी है कि कुछ लोगों को संयुक्त परिवार में रहते हुए नियमों का पालन करना बोझ सा लगता है; फिर यही बोझ की भावना, अलगाव का मजबूत कारण बन जाती है। लेकिन नानी ने रिश्तों को कुछ इस तरह से पिरोया हुआ था कि वहाँ पर रहना किसी को भी बोझ नहीं लगता था। रिश्ते वहाँ दिमाग़ से नहीं, दिल से जुड़े हुए थे।

जाह्नवी को अच्छी तरह से याद थी नानी के घर की एक-एक बात। भूत-प्रेतों की 'वास्तविकता' से भी वहीं परिचित हुई थी वह। रात को झुण्ड में ही सोते थे सब। घर चारों तरफ से खुला हुआ था और वहाँ घर कुछ इस तरह से थे कि एक मकान के बाद उतना ही बड़ा, उसके बिल्कुल पास में एक खाली मैदान सा था। सारे ही घर उस कॉलोनी में इसी क्रम में बने हुए थे।

नानी के यहाँ दिन में भी डर लगता है इस मामले में। कभी भी अकेले तो रहा ही नहीं जा सकता था। बाथरूम भी कुछ इस तरह से बना हुआ था कि जाने में भी डर लगे। जाह्नवी जब नहाने जाती, तब कोई न कोई बाहर बैठता ही था। रात को सोते वक्त उसकी नज़रें छुप-छुपकर आस-पास देखती रहतीं। एक तो चारों तरफ से खुला घर, ऊपर से गर्मियों में खुले आँगन में सोना किसी चुनौती से कम नहीं लगता था उसे। एक विशाल नीम का वृक्ष

था। जाह्नवी को रात के डरावने सन्नाटे में उस वृक्ष की तरफ़ देखने में डर भी बहुत लगता था और वह खुद को उसकी तरफ़ देखने से रोक भी नहीं पाती थी। उसे यही लगता कि उस वृक्ष की सारी डालियों पर कोई न कोई परछाँई-सी लटकती रहती है और वो परछाइयाँ उसे ही घूरती रहती हैं, क्योंकि वे यह जानती हैं कि जाह्नवी उनसे डर रही है... डरे हुए इन्सान को डराना आसान जो होता है। नाना जी कभी-कभी भूतों की कहानियाँ सुनाया करते थे। उन्हें अपने सिर की मालिश करवानी होती थी और बच्चों को डरते डरते ही सही, लेकिन कहानियाँ सुनने का लालच होता था।

उन कहानियों के सारे ही भूत, जाह्नवी को रात में साक्षात् से प्रतीत होते थे। पता नहीं मिथक था या क्या था; नानी के घर के आगे वाले हिस्से में सुबह उठते ही मिट्टी पर अजीब-सी लाइनें बनी हुई मिलती थीं... सब कहते थे, वहाँ शिवलिंग था, तो रात को नाग देवता विचरण करने के लिए आते थे। डर के साथ-साथ काफी कुछ रोमांचक भी था वहाँ। पानी के लिए बहुत मारामारी थी वहाँ। शाम होते ही रेलवे क्रॉसिंग के पास लगे नलकूप से पानी भरकर लाना पड़ता था। नानी के यहाँ हर एक कार्य को करने का वक्त बँधा हुआ था; मसलन, खाना खाने का, चाय बनाने का, पानी भरकर लाने का, रात को कहानियाँ सुनने का। जो नीम का विशाल पेड़ जाह्नवी को रात में डरावना और भयानक लगता था, वही पेड़ दिन में ठण्ढी-ठण्ढी हवा फेंककर अपना मनोहरी दृश्य प्रस्तुत करता था, साथ ही उसकी छाल को घिसकर गर्मियों में हो जाने वाले फोड़े-फुन्सियों पर लगाने से जो सुकून मिलता था, वह बहुत ही आनन्ददायी था।

जाह्नवी उस समय यही सोचा करती थी कि जो चीज़ रात में डराने का काम करती है, वही दिन में सुकून कैसे पहुँचा सकती है; इसका मतलब तो ये हुआ कि उस चीज़ की महत्ता अपने आप में कुछ न होते हुए दिन-रात के क्रम पर निर्भर करती है। नानी का घर दिन में जितना सुन्दर लगता था, रात में उसकी विशालता उतना ही भयभीत कर देती थी। वहाँ और भी बहुत कुछ ऐसा था, जिसकी आनन्ददायी अनुभूति, जाह्नवी ने तब भले ही महसूस न की हो, लेकिन अब कर सकती थी। नानी के हाथों के बने बेसन के लड्डू शायद और कोई कभी न बना पाये और बेसन की एक विशेष सब्जी, जिसे

उसकी माँ भी कभी नहीं सीख पायीं। पता नहीं नानी की रसोई में ऐसा क्या था, जो जाह्नवी को अपने घर की रसोई में कभी भी नज़र नहीं आया। कितनी व्यवस्थित थी नानी और नानी की जीवन-शैली। आज के दौर में चीज़ें और सुविधा सारी है, लेकिन वो आनन्द नहीं मिल पाता, जो नानी के घर में कम सुविधा के रहते भी मिल जाता था। वो कुछ अलग ही परिस्थितियाँ होती हैं, जिनमें असुविधा के रहते भी आनन्द की अनुभूति होती है, जिसे शब्दों में नहीं समझाया जा सकता।

एक मजेदार किस्सा याद आ रहा था जाह्नवी को। नानी के घर के पास में जो ख़ाली मैदान था, उसके नज़दीक एक घर था। टेलीफोन कम्पनी में नौकरी करते थे वहाँ रहने वाले खन्ना अंकल। हालाँकि नानी के अनुसार उन्हें उनकी पत्नी को नानी ही बोलना पड़ता था और जाह्नवी बहुत छोटी थी, इसलिए खन्ना नाना बोलने में समस्या आती थी उसे, तो उसने बोलते-बोलते खन्ना का नामकरण 'खन्नाना' कर डाला। उनका 'छोटा परिवार सुखी परिवार' था। खन्ना नाना चले जाते थे सुबह-सुबह ही; नानी पीछे से सारा दिन घर में अकेली रहतीं और अपने काम में लगी रहतीं। कभी पापड़ तो कभी बड़ी बनातीं। जाह्नवी को भी शौक चढ़ता और भरी दोपहर में भागती उनके घर की तरफ, चिलचिलाती धूप में; लालच जो था कि अगर उसने खन्ना नानी के पापड़-पपड़ी सुखाने में मदद करी, तो बदले में उसे मूँगफली मिलेगी खाने में। गर्मी में नुक़सान करती थी मूँगफली, लेकिन बचपन में कहाँ नफ़ा-नुक़सान की परवाह।

उनके यहाँ एक 'हास्यास्पद खौफ़नाक' घटना घटी थी। खन्ना नाना के छोटे भाई और उसकी बीवी की नज़र थी उनके घर पर। अब क्योंकि कोई औलाद तो थी नहीं खन्ना नाना के, तो उस छोटे भाई को बड़ी चिन्ता थी अपने बड़े भाई की जायदाद की। बहुत कोशिशें कर चुका था उस घर को बेचकर नक़द हथियाने की; लेकिन खन्ना नानी की सूझ-बूझ के आगे सदैव हारना ही पड़ा। वैसे तो खन्ना नानी पूरी कॉलोनी में सबसे सीधी महिला के रूप में विख्यात थीं, लेकिन जब भी बात उनसे कुछ भी चीज़ निकलवाने पर आकर ठहरती, तो पता नहीं वह 'सीधी' से 'टेढ़ी' कैसे हो जातीं। अब उस छोटे भाई, जिसका कि नाम हरिभाऊ था, उसे अपने मक़सद को पा जाने में

सबसे बड़ा रोड़ा, खन्ना नाना से ज़्यादा खन्ना नानी लगती थीं। सारे उपाय करके देख लिये थे उसने, लेकिन नानी किसी भी तरह से टस से मस न हुईं। होतीं भी क्यों... भला जीवनभर की जमा पूँजी यूँ ही कोई कैसे हथिया ले। एक बार कुछ दिनों के लिए हरिभाऊ, अपनी पत्नी के साथ खन्ना नाना के यहाँ रहने चला आया था।

उसे अपने बड़े भाई के स्वभाव के बारे में अच्छी जानकारी थी। दरअसल खन्ना नाना, स्वभाव से थोड़े से डरपोक किस्म के इंसान थे, जबकि नानी बड़ी बहादुर महिला थीं; भगवान के अलावा किसी से भी नहीं डरती थीं। हाँ, नाना के साथ उल्टा था; भगवान से नहीं डरते थे, भूत से डरते थे। हरिभाऊ ने इसी बात का फ़ायदा उठाया। इस बार पूरी योजना के साथ आया था। अपनी पत्नी को सारी योजना समझाकर कार्य में जुट गया था वह।

जाह्नवी की नानी के यहाँ का माहौल ही कुछ ऐसा था, कि यदि किसी से भी यह कह दिया जाए कि इस जगह या उस जगह भूत-प्रेत का साया है, तो बड़ी आसानी से मान लेता था कोई भी।

खन्ना नाना को उन्हीं के घर में भूत-प्रेत की उपस्थिति का अहसास करवाकर उस विशाल घर को अपने कब्जे में करने का घटिया मंसूबा लिये हुए आया था इस बार हरिभाऊ। जाह्नवी को भी पूरी बात बाद में, बहुत बाद में उसकी नानी ने बताई थी।

एक मजेद्दार क़िस्सा था वो भी; हालाँकि उस वक़्त तो बहुत कष्टप्रद रहा था खन्ना नाना के लिए। हरिभाऊ ने वहाँ की भूत-प्रेतों की कहानियों का सहारा लिया। बहुत बार सुबह-सुबह उठते ही जाह्नवी ने नानी और खन्ना नानी को आपस में किसी गम्भीर मसले पर बात करते सुना था। उनकी बातों से लगता था कि खन्ना नानी के घर में कुछ अजीब हो रहा था, जिससे कि खन्ना नाना का मानसिक सन्तुलन स्थिर नहीं हो पा रहा था

वो जो कुछ भी हो रहा था, सिर्फ रात में ही होता था, दिन में नहीं। खन्ना नाना ने नानी को बताया कि रात होते ही एक से तीन बजे के बीच में शयन कक्ष की कुर्सी अपने आप खिसकने लगती। जाह्नवी की नानी का

भूत-प्रेत में अटूट विश्वास था, तो वह भी कहने लगतीं कि हाँ, हो सकता है कि कोई भूत या चुड़ैल आ बसा हो उनके यहाँ। खन्ना नानी को वरदान था, सामने नज़र आ रही परिस्थितियों के दूसरे छोर पर झाँकने का। उन्हें शुरू से ही दाल में कुछ काला नज़र आ रहा था। बात बहुत बढ़ चुकी थी। कॉलोनी में फैलती ही चली गयी बात। खन्ना नाना की मानसिक स्थिति इस भूत या चुड़ैल, जो कि अभी तक अपनी पहचान से बाहर था, के आधी रात के आतंक से बिगड़ती ही चली गयी। सभी लोगों ने अपनी-अपनी योग्यतानुसार राय दी। कोई कहता, पूर्वजों के लिए रतजगा दे दो, कोई कहता घर की शुद्धि हेतु हवन, पूजा-पाठ करवाओ, तो कोई श्रेष्ठ तांत्रिक को आमंत्रित करने का सुझाव देता। हरिभाऊ और उसकी पत्नी भी चिंतित होते दूसरों की भाँति। समझ ही नहीं आ रहा था कि क्या किया जाए। लेकिन खन्ना नानी का दिमाग़ किसी और ही दिशा में दौड़ लगा रहा था। उन्हें बस ये गुत्थी सुलझानी थी कि ये 'तथाकथित भूत या चुड़ैल का साया' अचानक खन्ना परिवार को परेशान करने क्यों आया है।

उस पर भी आश्चर्य यह कि सिर्फ खन्ना नाना को ही क्यों प्रताड़ित करता था वो साया; खन्ना नानी को क्यों नहीं। एक रात खन्ना नानी ने जाह्नवी की नानी से कुछ सलाह करके कान में कुछ कहा और चल दीं। जाह्नवी हमेशा ही छुप-छुपकर उनकी बातें सुना करती थी, लेकिन उस रात नाकाम रही, क्योंकि हमेशा ही चिल्ला-चिल्लाकर बात करने वाली खन्ना नानी, उस रात नानी के कान में कुछ कहकर गयी थीं, अब जाह्नवी कैसे सुन पाती। मन ही मन बड़बड़ायी जाह्नवी, ''अब कभी भी इस बुढ़िया के पापड़-बड़ी सुखाने में मदद नहीं करूँगी; कान में बात कहने की क्या ज़रूरत थी।'' ये बात याद आते ही जाह्नवी हँसे बिना रह ही नहीं पाती थी। कितना बाद में समझ आया कि बेचारी खन्ना नानी, अपने उस शोधकार्य का रहस्य नानी को समझा रही थीं जो वह उस 'तथाकथित भूत या चुड़ैल' पर कर रही थीं।

मंगल की रात बड़ी भारी थी। खन्ना नानी ने बड़ा जोखिम उठाकर योजना बनायी थी। फूँक-फूँककर कदम रखने वाली बात थी। उस रात खन्ना नानी ने खन्ना नाना को खाना खिलाकर, दवाई देकर, समय से पहले ही

सुला दिया था। हर कार्य उनकी निर्मित योजनानुसार ही हो रहा था। खाना खाने के बाद हरिभाऊ और उसकी पत्नी भी नीचे चले गये सोने। दो मंजिला घर में खन्ना नाना ऊपर ही रहते थे, नीचे का तल तो खाली ही था; बस सामान पड़ा रहता था। जबसे हरिभाऊ और उसकी पत्नी आये थे, तभी से रौनक़ हुई थी वहाँ। वे दोनों नीचे ही रह रहे थे। अपनी योजनानुसार, खन्ना नानी भी सोने चली गयीं। सिर्फ एक छोटी-सी लाइट, वो भी जीने की, के अलावा सारी लाइटें बन्द कर दी उन्होंने। जब सोने का नाटक करते हुए लगभग दो घंटे बीत गये; चुपचाप उठीं। दबे क़दमों से कमरे के बाहर आयीं, बाहर वाली खिड़की में पहले से रखी हुई मोमबत्ती और माचिस उठायी और चल दीं अपने मिशन की तरफ। जाने से पहले एक बार फिर जाते-जाते खन्ना नाना पर नज़र डाली। आश्वस्त हुई कि हाँ गहरी नींद में सो रहे हैं। सीढ़ियों से उतरते हुए नानी ने जीने की बत्ती भी बुझा दी, ताकि बिल्कुल ही अँधेरा हो जाये। खुद के घर को क़दमों; में नापा हुआ था उन्होंने, अंदाजे भर से ही वांछित जगह पहुँच जाती थीं। उनकी सारी प्रक्रिया उसी दिशा और क्रम में चल रही थी, जिसे उन्होंने पहले से शक के आधार पर तय किया हुआ था।

नीचे जाकर उन्होंने हरिभाऊ के कमरे में झाँका... जो शक था वही हुआ; दोनों पति-पत्नी अपनी जगह से ग़ायब थे। अब खन्ना नानी को अपने अगले क़दम की ओर बढ़ने में मन ही मन गर्व हुआ और लगने लगा कि जो भी जोखिम उठाया, सही था। हरिभाऊ और उसकी पत्नी जिस कमरे में सोते थे, उसके पीछे की तरफ एक स्टोर रूम था, जिसको बन्द पड़े हुए न जाने कितना वक्त हो चला था। खन्ना नानी ने दिन में ही ऐसी व्यवस्था कर दी थी, जिससे कि उस स्टोर रूम के रोशनदान से उसके सामने वाले कमरे में साफ़-साफ़ झाँका जा सके, जिसके ठीक ऊपर वाले कमरे में कुर्सी के खिसकने जैसी घटना हुआ करती थी।

वहाँ जो कुछ भी खन्ना नानी ने देखा, उनके रोंगटे खड़े हो गये। हरिभाऊ के हाथ में टॉर्च थी और एक लोहे की छड़ थी। उसकी पत्नी एक कुर्सी के ऊपर खड़ी थी। खन्ना नानी तो बस यह जानने को आतुर थीं, कि आख़िर माज़रा क्या है। पंखा जहाँ लटका हुआ था, उस जगह से पंखा

उतारकर नीचे रख दिया गया था; नानी की जानकारी के बाहर। पंखे के लिए ऊपर कमरे की छत की तरफ एक बड़ा सा जो छेद किया हुआ था, उसमें काले रंग की कोई चीज़ चमक रही थी; लेकिन वो थी क्या। खन्ना नानी ने चश्मा ठीक करके देखने की कोशिश की; चुम्बक का कोई टुकड़ा सा लग रहा था। हरिभाऊ की पत्नी, उस लोहे की छड़ से, ऊपर लगे उस चुम्बक से दिखने वाले टुकड़े को इधर से उधर खिसका रही थी। छड़ को कुछ इस तरह से ऊपर की ओर दबाव से खिसका रही थी, मानो ऊपर वाले कमरे की किसी वस्तु पर दबाव बनाना चाह रही हो। अब खन्ना नानी का दिमाग़ किसी महान जासूस की भाँति काम कर रहा था। वे अपनी उम्र का ख़याल न करते हुए, सीधे ऊपर वाले कमरे की तरफ दौड़ पड़ीं। खन्ना नाना भयभीत, पसीने से लथपथ, उस खिसकती हुई कुर्सी को देख रहे थे, जिसे कि नीचे के कमरे में से हरिभाऊ की पत्नी अपनी लोहे की छड़ से खिसका रही थी।

खन्ना नानी, चुपचाप नाना के पास गयीं और इशारे से चुप रहने का संकेत देकर नाना को उठाकर उस कुर्सी के पास ले गयीं... उसके नीचे लगे चुम्बक और पास में पड़े टेबल के नीचे का सुराख दिखाकर मानो ये समझाने लगीं कि ये कुर्सी अपने आप नहीं हिलती; नीचे से लोहे की छड़ और चुम्बक से इसे आगे-पीछे किया जाता है। फिर उनका हाथ-पकड़कर उन्हें नीचे की तरफ ले गयीं और हरिभाऊ तथा उसकी पत्नी की करतूत दिखायी। नाना को मानो जितना भी भूत का बुखार चढ़ा हुआ था, एक ही झटके में उतर गया और न जाने कहाँ से अविश्वसनीय ऊर्जा का विस्फोट हो गया। उसी समय नाना और नानी, स्टोर रूम से निकलकर हरिभाऊ के कमरे के मुख्य दरवाज़े की तरफ दौड़े।

खन्ना नाना ने अपनी ऊर्जा का भरपूर उपयोग करते हुए जोर-जोर से दरवाजा बजाना शुरू कर दिया। काफी देर बजाने के बाद हरिभाऊ और उसकी पत्नी ने दरवाज़ा खोला। दरवाज़ा खोलने के उपरान्त वो दोनों ऐसा दर्शाने लगे, मानो बेचारे गहरी नींद में व्यवधान पहुँचने से बहुत दुःखी हुए हों; लेकिन नाना-नानी के सामने कहाँ अब उनके नाटक चलते। खन्ना नाना ने बिना किसी अतिरिक्त प्रयास के हरिभाऊ के गाल पर एक ज़ोरदार तमाचा

जड़ दिया। सन्न रह गये सभी। हिम्मत ही नहीं हुई उन दोनों पति-पत्नी की, कि कोई भी स्पष्टीकरण माँग सकें उस तमाचे का; रंगे हाथों पकड़े जाने का सीधा-सीधा अहसास जो हो गया था। रात के दो बजे शुरू हुआ वो घटनाक्रम, क़रीब-क़रीब सुबह तक चला था। सुबह जितनी उजली थी, उससे ज़्यादा उजला था खन्ना ना द्वारा किये गये शोध-कार्य का परिणाम। सुबह का उजाला जैसे-जैसे फैलता जा रहा था, हरिभाऊ और उसकी पत्नी की घटिया करतूत की खबर भी वैसे-वैसे पूरी कॉलोनी में फैलती जा रही थी।

खन्ना नानी तो मानो तारीफ़ के लिए स्वयं को तैयार किए हुए थीं। जाह्नवी की नानी ने भी उनकी भूरि-भूरि प्रशंसा की। खन्ना नाना ने हरिभाऊ और उसकी पत्नी को चेतावनी देकर हमेशा के लिए वहाँ से चले जाने का आदेश दे दिया था और हरिभाऊ को भी माफ़ी की उम्मीद नहीं रही

जाह्नवी जब भी नानी को याद करती थी। क़िस्सा अनायास ही याद आ जाता। वह नानी की स्मृति में लम्बी छलाँग लगा बैठी थी। अनिकेत की आवाज़ से लौटी वर्तमान में, लेकिन हल्की-हल्की मुस्कान की वजह से अनिकेत को बताना ही पड़ा कि आज खन्ना नानी का क़िस्सा याद आ गया था। अनिकेत को भी बता चुकी थी वह यह क़िस्सा; वो भी हँस पड़े।

''जाह्नवी, बिल्डिंग का काम शुरू करवा दें क्या?''

''करवाते हैं, ऐसी भी क्या जल्दी है!''

''नहीं जल्दी तो नहीं है कोई; तुम उस दिन कह रही थी न, इसलिए पूछ रहा था।''

''हम्म... जब भी विचार बने, बता देना, मैं शुरू करवा दूँगा, ठीक है... नानी की यादों में ही खोयी रही या आज कुछ लिखा भी...?''

''हाँ, लिखा तो है, लेकिन मज़ा नहीं आया; कुछ है जो आगे नहीं बढ़ पा रहा।''

''बढ़ जायेगा, बहुत जल्दी बढ़ जायेगा, तुम बस कभी क़लम नीचे मत रखना।''

जाह्नवी, अनिकेत की इस बात को समझ ही नहीं पायी। पूछा भी नहीं कि वो कहना क्या चाह रहे हैं।

''अनुराग और शुचि की शादी की तैयारियाँ शुरू कर दी क्या जाह्नवी?''

''तैयारियाँ तो क्या, हाँ कुछ चीज़ों का प्रबंध करना है।''

''कोई बड़ा आयोजन नहीं करना है क्या?''

''नहीं, कोई ख़ास बड़ा नहीं।''

'क्यों?'

''शुचि की इच्छा है कि सादा सा समारोह हो जाए बस।''

'मतलब?'

वहीं 'अपनाघर' के मन्दिर में ही भगवान के सामने सात फेरे ले लिए जाएँ, वहीं के सदस्यों के सामने।''

''अच्छा, हाँ ये भी ठीक है; जैसी उन दोनों की मर्जी। वैसे और भी कुछ भी ज़रूरत हो तो बता देना, सारी व्यवस्था हो जाएगी।''

'धन्यवाद।'

अनि ने ग़ौर किया, जाह्नवी बड़ा ज़ोर देकर हँसते हुए धन्यवाद दे रही थी।

''क्या बात है अनि, आजकल बड़ी एकाग्रता रहती है मेरी बातों की तरफ़...।'' बात टाल गये अनि।

''जाह्नवी, कॉफी बना लो न।''

कॉफी की फरमाइश, अनि अमूमन करते नहीं थे; कोई ख़ास बात करनी हो जाह्नवी से, तभी कहते थे।

जाह्नवी ने भी बिना किसी सवाल के कॉफी बना दी। दोनों लॉन में

चले गये। जाह्नवी को इंतजार था उस ख़ास बात का, जो अनिकेत ने करनी चाही होगी कॉफी के साथ; लेकिन काफी देर हो गयी थी... अनिकेत कुछ भी नहीं बोले, बस गुलाब के पौधों की तरफ़ देखते रहे। ये पौधे जाह्नवी की पसन्द से ही लगाये गये थे, जिनसे ताज़गी और सदा मुस्कराते रहने का एहसास होता था। गुलमोहर का एक पेड़ भी था, जिसके फल खिलने पर जो चटक नारंगी रंग का प्रकाश फैलाते थे, ग़ज़ब की ख़ूबसूरती प्रकट करते थे। हरी-हरी मुलायम घास थी, जिस पर पैदल चलकर सुकून मिलता था। घर के बाहर एक बड़ा सा नीम का वृक्ष था, जिसका आधा भाग जाह्नवी के लॉन में झुका हुआ था; जिसे देखकर नानी की और भूतों की परछाइयों वाली बात याद आ जाती थी।

अब कुछ काम थे, जो महत्त्वपूर्ण थे, जिनको एक तेज़ किन्तु सन्तुलित रफ़्तार के साथ पूरा करना था जाह्नवी को। अनिकेत, बस उन्हीं फूलों को निहार रहे थे; उनके मन की ख़ामोश भावनाओं को सहला रही थी जाह्नवी, लेकिन आगे होकर कुछ बोलना नहीं चाहती थी। चाहती थी कि अनिकेत ही कुछ बोलें। वैसे भी जाह्नवी ने आज सोच ही लिया था कि वह समीर को फोन करेगी... दोनों भाई-बहन के बीच जो ये ख़ामोशी खिंची हुई है, उसे तोड़ेगी।

"अनि, आज मैं समीर को फोन कर रही हूँ; मैं बड़ी हूँ उससे, मेरा फ़र्ज़ बनता है उसे ऐसे नाज़ुक मोड़ पर उसका साथ दूँ।"

"जाह्नवी, यही बात तो मैं भी तुम्हें इतने दिनों से समझा रहा हूँ कि तुम्हें ही पहल कर लेनी चाहिए... हो सकता है कि समीर बस तुम्हारे एक फोन का इन्तज़ार कर रहा हो।"

"ठीक बात है अनिकेत; मुझे इतना कठोर नहीं बनना चाहिए था... अपनी गलती सुधारनी है मुझे।"

"कर लो जाह्नवी; बच्चा परेशान हो गया होगा।" कहकर अनिकेत तो चल दिये, लेकिन जाह्नवी को स्वयं पर गुस्सा आने लगा, क्यों उसने समीर को ऐसे हालात में उसी के फैसले के साथ छोड़ दिया। बिना देर किये उसने समीर को फोन लगा दिया। काफी देर बाद तक भी समीर ने फोन नहीं

उठाया। मन बड़ा अधीर होता है इंसान का; ऐसा तो बहुत बार पहले भी हुआ होगा, जब समीर ने काफी देर तक फोन न उठाया हो; लेकिन तब जाह्नवी के पास स्वयं सौ कारण रहते थे, जो मन में सोच लेती थी... व्यस्त होगा, फोन उसके पास नहीं होगा और भी न जाने क्या-क्या; लेकिन आज मन पहले से ही डरा हुआ था न, तो यही लग रहा था कि जान-बूझकर नाराज़गी की वजह से वह फोन नहीं उठा रहा। मन का वहम चरम पर पहुँचने की वाला था, कि समीर का फोन आया। जाह्नवी ने बिना एक पल रुके फोन उठाया...

''हैलो! समीर...''

''हाँ, दीदी... समीर ही हूँ, आपने फोन किया था।''

''कुछ बोल ही नहीं पायी जाह्नवी। 'दीदा!'

उसे यक़ीन ही नहीं हो रहा था कि समीर उसे दीदी कहकर बुला रहा है। कुछ सँभलकर बोली...

''कैसे हो समीर?''

''ठीक ही हूँ।''

''और बाक़ी सब...!''

''सब ठीक है, तुम कैसे हो...।''

''अरे... कहा तो दीदी, अच्छा हूँ।''

''यशी कैसी है?''

''और, आजकल तो आप बहुत व्यस्त रहती होंगी न, सारा वक़्त 'अपना घर' को ही जो देती हो।''

''हाँ, कुछ ख़ास नहीं; यशी कैसी है समीर...?''

''और माँ से बात तो होती होगी; घर जाने का कोई विचार...।''

''नहीं अभी तो नहीं है, तुम्हारा हो तो बता देना, मैं भी चल दूँगी;

समीर! मैंने पूछा यशी कैसी है...।''

समीर की तरफ से ख़ामोशी ही मिल रही थी। जाह्नवी से रहा न गया। न चाहते हुए भी ग़ुस्सा कर ही बैठी...

''समीर, क्या बात है; यशी ठीक तो है न; कहीं तुमने उससे रिश्ता तो नहीं...'' जाह्नवी को लगने लगा कि उन दोनों के बीच कहीं सब कुछ ख़त्म तो नहीं हो गया; कहीं समीर ने ही तो जाह्नवी की बातों को दिल से लगाकर यशी से रिश्ता तो नहीं तोड़ लिया।

''नहीं दीदी; यशी एकदम ठीक है और हमारा रिश्ता भी बिल्कुल ठीक है, बल्कि पहले से ज़्यादा मज़बूत हो गया है।''

जाह्नवी को ऐसा लगा जैसे कि समीर, अप्रत्यक्ष रूप से उसे ताना दे रहा हो, कि आपने साथ न दिया तो क्या हमारा रिश्ता इतना कमज़ोर था कि टूट जाएगा।

''अच्छा लगा जानकर; तुम ठीक तो हो न...'' कहकर चुप हो गयी वो। समीर भी कुछ न बोल पाया। ख़ामोशी सहन नहीं हुई तो समीर ही बोला...

'माँ!'

जाह्नवी के सब्र का बाँध टूट गया, ''माँ से दीदी हो गयी समीर... कैसे आया इतना बड़ा फ़ासला।''

''माफ कर दो माँ।''

''नहीं, इस बार माफी मुझे माँगने दो न समीर; मैं ऐसा कैसे कर सकती थी तुम्हारे साथ; मुझे इतनी कठोर बात नहीं बोलनी चाहिए थी तुम्हें... और भी तरीक़े थे, जिनके द्वारा समझाया जा सकता था, लेकिन यक़ीन मानो समीर, मैं कभी भी तुम्हारे और यशी के रिश्ते के ख़िलाफ...''

''जानता हूँ माँ, इतना तो जानता ही हूँ... आप मेरे फैसलों के ख़िलाफ़ कभी नहीं जा सकती हो... बस माँ ये समझ लो, मैं ख़ुद को ही वक्त दे रहा था ये जानने और समझने के लिए, कि मुझसे जो ग़लतियाँ हुई हैं, उन्हें

कैसे सुधारूँ और कुछ नहीं माँ।''

''तो कोई ऐसे बात करना बन्द कर देता है क्या... ऐसी भी क्या नाराज़गी समीर...!'' जाह्नवी को बहुत दिनों बाद शिकायतों का मौका मिला था।

''अरे नहीं माँ... ये कैसे सोच लिया कि आपसे नाराज़ हो भी सकता हूँ भला।''

''नाराज़ तो थे ही समीर, नहीं तो ये सब होता क्या...!''

''नहीं बिल्कुल नहीं माँ, मेरी ग्लानि को मेरे पछतावे को आपने मेरी नाराज़गी समझा; मैं भी ग़लती ही कर रहा था, जो आपसे इतने दिन बिना बात किये, बिना कुछ बताये सब कुछ सुधारने में लगा रहा।

''बहुत बड़े हो गये हो न, जब बच्चे बड़े हो जाते हैं तब उन्हें जरूरत महसूस नहीं होती कि वो किसी को बताना ज़रूरी नहीं समझते कि वो क्या कर रहे हैं।''

''नहीं माँ, आप जानती हो न, ऐसा बिल्कुल भी नहीं है; शर्मिंदा हूँ माँ, माफ़ कर दो न प्लीज! अब आप ऐसे ही ग़ुस्सा करती रहोगी तो मैं आगे की बात कैसे बताऊँगा।''

''नहीं सुननी मुझे कोई भी बात, तुम रहने ही दो।''

''प्लीज माँ! अब मान भी जाओ न।''

''अच्छा... अब मान जाऊँ; इतने दिन तक क्या हुआ था; मैंने फोन किया तो माँ को मनाने की याद आयी।''

''अच्छा माँ बताओ, आपको कोई शे'र सुनाऊँ? मैं जानता हूँ आपका मूड अभी अच्छा हो जाएगा।''

हँसी आ गयी जाह्नवी को, ''नहीं समीर, ऐसा ग़ज़ब न करना; तुम्हारे शे'र रहने ही दो बाबा, बहुत उच्च स्तर के होते हैं, मेरी समझ के परे हैं।'' जाह्नवी के इतना कहते ही हँस पड़े दोनों भाई-बहन।

''हाँ तो माँ, अब आप ठीक हो; जब भी आप मेरे लिखे शे'र को सुनने की बजाय हाथ जोड़ देती हो, मतलब आप ठीक हो... अच्छा अब बताओ, आपको एक ख़ुशख़बरी दूँ?''

''ख़ुशख़बरी...!'' जाह्नवी ने ये पूछने की जगह, कि क्या ख़ुशख़बरी है; सीधा ये पूछा कि अगर मैं फोन न करती, तो मतलब ये ख़ुशख़बरी सुनने के लिये मुझे और कितना इन्तजार करना पड़ता। ''हद करते हो समीर, मुझे अब तुमसे यही उम्मीद रखनी है क्या?''

''अब प्लीज मान भी जाओ न; मैं भी तो मान गया न अपनी ग़लती। प्लीज, प्लीज, प्लीज माँ! प्लीज सुन भी लो न.. मरे जा रहा हूँ आपको ये ख़बर देने के लिए!''

जाह्नवी खुद भी कौन सा मरे नहीं जा रही थी सुनने के लिए; तपाक से बोली... ''अच्छा सुनाओ जल्दी से।''

''माँ आप यक़ीन नहीं करोगी; पापा मान गये हैं।'' हाँ माँ, बस जो आपने सुना वही सच है।''

''लेकिन समीर, कैसे हुआ ये सब; कैसे किया तुमने ये? मुझे विश्वास नहीं हो रहा।''

''बस माँ, समझ लो कि जो ग़लती मैंने अनजाने में की थी, उसे सुधारने का वक्त आ गया है; अगर आप न एहसास दिलातीं तो मैं शायद कभी भी ये सब न कर पाता।''

''वो सब तो ठीक है बेटा, लेकिन ये तुमने किया कैसे?''

''अरे माँ, ऐसा कौन सा काम है जो आपको बेटा कर नहीं सकता... वैसे भी पापा को मुझसे शिकायतें थीं और मुझे पापा से, जो कि सिर्फ और सिर्फ आमने-सामने बैठकर ही दूर की जा सकती थीं।''

''तो क्या तुम घर गये थे?''

'हाँ।'

“सच में...!”

“हाँ माँ, सच में।”

“मुझे यक़ीन नहीं होता समीर, कि तुम घर गये... और पापा से क्या बात हुई तुम्हारी?”

“सच कहूँ तो माँ, जब गहरे रिश्तों के बीच शिकायतें आ जाती हैं न, तब एक वक़्त ऐसा भी आता है, जब सारी शिकायतें या तो अपने आप बिना कुछ शिकायत किये ही ख़त्म हो जाती हैं, या फिर वो गहरे रिश्ते ही नहीं रह जाते। मैं जब घर गया, तब माँ से हमेशा की तरह ही मिला और पापा से जब मिलने गया, तब वो बहुत थके हुए थे... अपने ही फैसलों से हारे हुए से लग रहे थे; मानो अपने ही बच्चों के विचारों से सदा ही बैर पालने का अफ़सोस हो रहा हो उन्हें। पता नहीं माँ, उन्होंने कुछ कहा नहीं था ऐसा, लेकिन न जाने क्यों मुझे ऐसा लगा कि ज़िन्दगी भर के ग़ुस्से और असंतोष को बस पलभर में ही भुलाकर, वो अपने बच्चों के और अपनी पत्नी के दिल में लौट जाना चाहते थे।

मैं भी उनका बेटा होने के नाते उनसे सवाल-जवाब करने की जगह सीधा जाकर उनके सीने से लग गया माँ। बस आगे मत पूछो कि किस तरह से बाप-बेटे के आँसुओं में सारे ग़िले-शिकवे बह गये। मैं कितना नादान था न माँ, जो काम एक प्यार भरे स्पर्श और ख़ामोशी से दूर हो गया था... उसके लिए मैं रास्ते भर कितने शब्द खोजता हुआ गया था। खून के रिश्ते हैं माँ, आसानी से कब टूटे हैं, है न...।”

“हाँ समीर; सच में इतना आसान नहीं है रिश्तों को जाने देना; यशी के बारे में क्या...”

“माँ, वही तो; यक़ीन नहीं करोगी आप... मैंने पापा से सिर्फ इतना ही कहा कि मैं किसी से प्यार करता हूँ, जीवनसाथी बनाना चाहता हूँ उसे। पापा ने पूरी बात सुने बिना ही कहा... कौन है? तुम्हें पसन्द है तो हमें क्या ऐतराज़ हो सकता है भला!”

‘क्या...!’

''हाँ माँ... मुझे तो अपने कानों पर यक़ीन तक नहीं हो पा रहा था; फिर मैंने कहा कि पापा पहले आप पूरी बात तो सुनिए... यशी नाम है उसका, मेरे साथ ही काम करती है... अलग जाति की है और... और तलाक़शुदा है।''

''फिर क्या हुआ समीर, जल्दी बताओ न!''

''अरे अधीर क्यों होती हो... वही तो बता रहा हूँ माँ; पापा ने जो कहा, उसकी उम्मीद तो कभी भगवान जी ने भी न की होगी।''

''क्या कहा पापा ने?''

''पापा बोले, अरे क्या फ़र्क़ पड़ता है जो अलग जाति की है; प्यार तो इन सब चीज़ों से परे होता है... सोच-समझकर किया जाए, वो प्यार नहीं सौदा होता है और रही बात तलाक़शुदा होने की, तो बेटा, जब तुम्हारी माँ ने मुझसे शादी की थी, तब मैं एक बेटी का पिता था और साथ में विधुर भी; तब तुम्हारी माँ के पास और भी बहुत सारे विकल्प रहे होंगे, लेकिन उसने मुझे अपना लिया।''

''क्या कह रहे हो समीर... ये सब पापा के कहे हुए शब्द हैं... ?''

''हाँ माँ, यक़ीन नहीं हो रहा न... मुझे भी नहीं हुआ था; मैंने माँ से भी इस बदलाव का कारण पूछा था तो वो बोलीं कि समीर, बहुत वक्त हो गया है; जबसे तुम इस घर से गये हो, तुम्हारे पापा अन्दर ही अन्दर घुल रहे हैं; न कुछ बोलते न ढंग से खाते-पीते... अपने दोस्तों के साथ भी वो पहले वाली बात नहीं रही इनकी। एक दिन मैंने ही हिम्मत करके पूछा, तो कुछ भी बताने के बजाय फफक-फफक कर रो पड़े। कुछ भी बोला नहीं गया उनस; बस यही कहते रहे, मुझे मेरे बच्चे वापस चाहिए। मुझसे माफी माँगने लगे... साधना मैंने तुम्हारे साथ बहुत बुरा किया; कभी भी तुम्हारी भावनाओं, इच्छाओं की क़द्र नहीं की... मैं क़ाबिल नहीं कि तुम मुझ जैसे स्वार्थी इन्सान को माफ़ करो, लेकिन तुमसे एक निवेदन है मेरा; मेरे बच्चों को मुझसे मिलवा दो, मैं जानता हूँ वो अपनी माँ की बात कभी नहीं टालेंगे।

''समीर, मैं क्या कहूँ मेरे भाई... आज शब्द नहीं मिल रहे तुम्हारी

बहन को; पापा के कठोर मन में ऐसी बातें भी आ सकती हैं, ये तो कभी सपने में भी न सोचा था हमने।'' गला भर आया जाह्नवी का... बोल पाने में असमर्थ हो गयी।

''ये जो कुछ भी हुआ है माँ, इसके बाद तो ऐसा लग रहा है, मानो कभी कुछ ग़लत हुआ ही न था; सारे ग़िले-शिकवे मिट गये माँ।''

''हाँ समीर; ईश्वर भी न जाने क्या-क्या लिखकर बैठा है... कभी सोचा नहीं था कि इस तरह से पापा हमारी जीवनभर की शिकायतें दूर कर देंगें... सच कहूँ बेटा, अब कोई शिकवा नहीं पापा से; देर से ही सही, उन्होंने माँ को उनके हक़ दिये तो सही, हम इसी में ख़ुश हैं समीर।''

''मैंने माँ को पहले कभी इतना ख़ुश नहीं देखा था। घर जाकर सब कुछ मिल गया था।''

''अब आगे का क्या विचार है समीर; अब तो सब कुछ तय ही समझा जाए...।''

''हाँ माँ, लगभग तो तय ही है।''

''लगभग मतलब...! कुछ और भी बीच में आ रहा है क्या?''

''माँ, आपको एक बात पता नहीं है; यशी, तलाक़ लेने के बाद भी अपने ससुराल में ही रहती है।''

''क्या...! लेकिन क्यों? मेरा मलतब है कि इसकी वजह क्या हो सकती है और वो भी उस इन्सान के साथ, जिसके साथ अब उसका कोई सम्बन्ध ही नहीं।''

''अरे नहीं माँ; वही तो बता रहा हूँ... यशी उस इन्सान के साथ नहीं रह रही... वो अब घर में नहीं रहता।''

''क्या...! लेकिन वो तो उसी का घर है न?''

''माँ, उस इन्सान को उसी के माँ-बाप ने घर से निकाला था... यशी के साथ उसका बर्ताव बहुत बुरा था। उन लोगों ने तलाक़ के बाद यशी को

अपने घर में बेटी बनाकर रखा हमेशा।''

''तो क्या उन लोगों को तुम्हारे बारे में कुछ भी नहीं पता?''

''नहीं-नहीं, उन्हें तो सब कुछ पता है; बल्कि यशी के सास-ससुर ही तो हमारी शादी जल्दी से जल्दी करवा देना चाहते हैं... मैंने बताया न माँ, वो लोग सदा से ही यशी के पक्ष में रहे हैं; जानते हैं वो कि उनका बेटा ग़लत था, जिसकी वजह से वो रिश्ता टूटा; इसीलिए इसकी सज़ा उनकी बहू को नहीं, बल्कि बेटे को मिलनी चाहिए। सज़ा का हक़दार, दोषी होता है माँ, निर्दोष नहीं।''

''यक़ीन नहीं होता समीर, दुनिया में ऐसे लोग भी होते हैं; इतने भले!''

''होते हैं माँ; जहाँ यशी जैसी इन्सान हो, वहाँ ऐसे इन्सान तो होने ही हैं।''

''ओह... लो भाई, अब तो यशी ही है सब तरफ़, क्यों...!'' जाह्नवी ने समीर को छेड़ा।

''अरे न माँ, आपके बाद।''

''बस बस, अब ये नाटक बन्द करो और मेरी तरफ़ से शादी मुबारक हो।''

''हम्म... तो माँ, अब जल्दी से तारीख़ तय कर लो अपने पंडित जी के पास जाकर; अब और इन्तज़ार नहीं करना।''

''अरे अरे! बड़े अधीर हुए जाते हो तुम तो।''

''प्लीज़ न माँ, ऐसे न करो न।''

हँस पड़ी जाह्नवी। ''मज़ाक़ कर रही हूँ बेटा, चिन्ता मत करो, सारी तैयारी करती हूँ।''

जाह्नवी के पैर ज़मीं पर नहीं पड़ रहे थे। समझ ही नहीं आ रहा था क्या करे और क्या न करे। कभी सोच रही थी, अनिकेत को ये ख़ुशख़बरी

दे, कभी लगता, माँ-पापा से बात करे; कभी सोचती 'अपना घर' जाकर ख़ुशी मनाए। गुनगुनाती हुई, व्यवस्थित सामान को भी फिर से बिखेरकर व्यवस्थित करने लगी। ये फ़र्क़ होता है आत्मा के प्रसन्न होने में और सिर्फ दिमाग़ के प्रसन्न होने में। मन से, आत्मा से छलक रही खुशी को सहेजना उतना ही मुश्किल है, जितना कि दिल के तार-तार हो जाने पर बहने वाले आँसुओं की धारा को सँभालना।

जाह्नवी ने तय कर लिया कि समीर और यशी की शादी और अनुराग और शुचि की शादी का समारोह साथ में ही आयोजित किया जाए। सारी तैयारियाँ हो जाएँगी, कोई दिक्कत नहीं आयेगी। मैं हूँ न और अनिकेत ने भी तो कहा था कि सारी तैयारियाँ हो जाएँगी, चिन्ता की कोई बात नहीं है। स्वयं के साथ ही व्यस्त हो गयी वह।

उसने सोचा, अनिकेत को फोन करके जितना जल्दी हो सके ये ख़ुशख़बरी दे दी जाए। बिना देरी किए जाह्नवी ने फोन लगा दिया अनिकेत को।

''हैलो अनि...!''

''जाह्नवी... हाँ, बोलो।''

''अनिकेत, तुम यक़ीन नहीं करोगे, मैं जो तुम्हें बताने जा रही हूँ; मुझे ख़ुद यकीन नहीं हो रहा।''

''अरे जाह्नवी बोलो न प्लीज़, जल्दी बोलो न!''

''अनि, आज मैंने समीर से बात की।''

''सच में क्या...!''

''हाँ, सच में।''

''फिर? सब ठीक है...?''

''पापा मान गये अनि! पापा मान गये।''

'क्या...!'

''हाँ, तुम जल्दी घर आना, मैं सब बताती हूँ तुम्हें; बहुत कुछ करना है अनि, प्लीज़ जल्दी आना!''

''बस समझो आया जाह्नवी; तुमने फोन कर लिया, नहीं तो घर ही आने वाला था... जो बताना चाहता हूँ वो मिलकर ही बता पाऊँगा।'' कहकर फोन रख दिया अनिकेत ने।

जाह्नवी ने ध्यान ही नहीं दिया, अनिकेत ने आख़िर में क्या बोला। वह तो आज कहीं और ही पहुँच गयी थी न। कैसे, कब, क्या करना है, इसकी योजना बनाना शुरू कर दिया उसने। किस-किस को बुलाना है, कहाँ क्या करना है, माँ-पापा को पहले बुला लिया जाए... माँ की राय से ही होगा सब। अनुराग-शुचि, समीर-यशी; दो बड़ी ख़ुशियाँ एक साथ। कॉपी पेन हाथ में लेकर पहुँच गयी किचन में। पुरानी आदत थी; कॉफी बनाते बनाते ज़रूरी काम लिख लेने की। कॉफी बनते ही कप उठाकर लॉन में पहुँची ही थी कि सामने अनिकेत मुस्कराते हुए चले आ रहे थे। लॉन से पूरी कॉलोनी नज़र आती थी उनके।

''अरे! तुम इतनी जल्दी...''

''हाँ, तुमने ही तो कहा था कि जल्दी आ जाना, तो लो मैं आ गया; तुम्हारी बात थोड़ी न टालता।''

''ओहो...!''

'हम्म...'

''अच्छा अनि! पता है कितने काम करने हैं; समझ ही नहीं आ रहा कैसे करें; अच्छा लो कॉफी, मैं अपने लिए और बना लूँगी।''

''रुको जाह्नवी...''

''अरे बस अभी लाती हूँ बनाकर।''

''रुको न जाह्नवी...'' हाथ पकड़कर रोक ही लिया अनिकेत ने और ग़ौर से देखने लगे जाह्नवी को।

''क्या बात है अनि... कुछ खास!''

''बहुत खुश हो न आज तुम!''

''हाँ, क्यों, तुम नहीं हो?''

''मैं तो तुम्हें खुश देखकर वैसे ही खुश रहता हूँ जाह्नवी।''

''अच्छा जी।''

''जाह्नवी, अगर मैं तुम्हारी खुशी और बढ़ा दूँ तो?''

'मतलब...!'

''मैं भी एक ख़ुशख़बरी दूँ तो...''

जाह्नवी को कुछ समझ ही नहीं आ रहा था, ''अनि, क्या कहना चाह रहे हो; उस दिन भी इसी जगह कुछ कहना चाह रहे थे, लेकिन कहा नहीं; कुछ ख़ास है तो बताओ न प्लीज़!''

''जाह्नवी... ये लो, पढ़ो इसे।''

''ये क्या है अनिकेत?''

''तुम ही देखो न।''

''अनिकेत की ही तरफ़ देखते हुए जाह्नवी ने लिफाफे को खोलकर उसमें रखा काग़ज़ पढ़ना शुरू किया। एक ही साँस में पढ़ डाला और अनिकेत की तरफ देखा। कुछ बोल नहीं पा रही थी।''

''अनि, ये सब एक साथ ही क्या हो रहा है; पहले समीर-यशी का रिश्ता; अब ये तुम्हारे प्रमोशन की इतनी बड़ी ख़ुशख़बरी और वो भी सीधा इतना बड़ा ओहदा... ये सब सच है क्या अनि; कैसे कर लूँ विश्वास!''

''यक़ीन कर ही लो जाह्नवी; ये सब सच में ही हो रहा है... सोच रहा था, आज शाम को तुम्हें ये ख़ुशख़बरी दूँगा, लेकिन जब तुम्हारा फोन आया समीर वाली बात के लिए, तो रहा न गया और चला गया तुम्हारी ख़ुशियों को और बड़ा करने के लिए।

कहो न, ख़ुश हो न जाह्नवी...!''

''ये पूछो कि ख़ुशियाँ कैसे सँभालूँ अनि...!''

''तो मत सँभालो इन्हें आज... फैलने दो चारों तरफ; शामिल कर लेते हैं सभी को अपनी इन ख़ुशियों में हम।''

''अनि, चाहूँ तब भी नहीं सँभाल पाऊँगी अब तो ये पल... तुम ही बता दो अब क्या करें, कहाँ से शुरूआत करें।''

''नहीं जाह्नवी... हर चीज़ तुम्हारी मर्ज़ी के मुताबिक़ ही होगी; जैसा तुम चाहो बस वही... मुझे तो बस ये बताओ करना क्या है, कब करना है।''

''अनि, एक बड़ी सी पार्टी रखते हैं; एक बड़ा सा समारोह, जिसमें तीनों काम एक साथ करें।''

''तीनों काम मतलब?''

''मतलब समीर-यशी और अनुराग शुचि की शादी और तुम्हारे प्रमोशन का भी...''

''हम्म... ऐसा भी कर सकते हैं; या फिर अनुराग-शुचि और समीर-यशी की रस्में सारी 'अपना घर' के मंदिर में पूरी करके, पार्टी में रिसेप्शन देकर सभी मिलने वालों को वहीं बुला लिया जाये।''

''हाँ यही ठीक रहेगा; मैं माँ-पापा से बात कर लेती हूँ, यशी को लेकर सारी बातें समीर ही देखेगा, उसे अपनी राय भी बता देती हूँ; अनि, तुम अनुराग से मिलकर वहाँ जाकर सारी व्यवस्था देख लो, यशी के घरवालों को वहीं के गेस्ट हाऊस में ठहराने की व्यवस्था करवा देगा वह; मैं मेहमानों की लिस्ट बना लेती हूँ, तुम दो-तीन दिन की छुट्टियाँ ले लेना... 'अपना घर' के मंदिर में दोनों की शादी और वहीं एक रिसेप्शन पार्टी।''

सब कुछ तयशुदा योजना के मुताबिक़ चला और वो दिन भी आ गया, जिसका सभी को बेसब्री से इंतज़ार था। सुबह 11 बजे का शगुन था। कोई भी अलग से लड़की वाला या लड़के वाला नहीं था। सुन्दर सा मंडप सजाया गया। 'अपनाघर' के सारे सदस्य वर पक्ष से भी थे। भगत के माता-

पिता के हाथों शुचि का कन्यादान और यशी के सास-ससुर के हाथों उसका कन्यादान करवाया गया। अद्भुत दृश्य था। बुज़ुर्गों के हाथ सिर्फ और सिर्फ आशीर्वाद के लिए उठ रहे थे। सारी रस्में बहुत ही शान्ति और प्यार के साथ सम्पन्न हुईं। अब इन्तज़ार शाम का था।

काफ़ी व्यस्त होने के बावजूद, जाह्नवी के चेहरे पर दिनभर के थकान की जगह हल्की-हल्की सन्तुष्टि भरी मुस्कराहट रही। अपनी पूरी कॉलोनी को, अनिकेत के सारे मित्रगण, ऑफिस स्टाफ, सभी को बड़े स्नेहपूर्ण निमंत्रण भेजे गये थे उनकी तरफ़ से। शाम होते ही मेहमानों का आना शुरू हो गया। स्वागत द्वारा पर यशी के सास-ससुर, जो कि कन्यादान की रस्म के बाद माता-पिता का दर्जा पा चुके थे, के साथ भगत के माता-पिता को शुचि के माता-पिता की उपाधि के साथ खड़ा करके उन्हें सम्मान दिया जा रहा था। अनिकेत और जाह्नवी, सारे मेहमानों का गर्मजोशी के साथ स्वागत कर रहे थे। पार्टी अपनी गति से चल रही थी। चारों तरफ़ रंग-बिरंगे परिधानों से सजे, आनन्द लेते लोगों की भीड़, कानों में घुलता धीमा-धीमा मधुर संगीत, चारों तरफ़ महक रही गुलाब के फूलों की महक। जाह्नवी, दीनू दा से बात कर रही थी कि उसका फोन बजा। उसने अनजान नम्बर देखकर फोन काट दिया। बार-बार आने पर उसे फोन उठाना ही पड़ा।

"हैलो, कौन... ?"

"हैलो, आप जाह्नवी मैडम ही बोल रही हैं?"

"हाँ, जाह्नवी ही बोल रही हूँ, लेकिन माफ़ कीजिए मैंने आपको पहचाना नहीं।"

"जी मैं आस्था पब्लिकेशन से शेखर बोल रहा हूँ।"

"शेखर? माफ़ कीजिए मैं नहीं पहचान पा रही हूँ।"

"मैडम, दरअसल मुझे अनिकेत जी ने आपका नम्बर दिया था; आपका उपन्यास पढ़ा हमने और हम उसे पब्लिश करना चाहते हैं; कहिए कब मिल सकते हैं हम?"

जाह्नवी को इसके आगे कुछ सुनायी ही नहीं दिया। वह बेतहाशा दौड़

पड़ी अनिकेत की तरफ़। गिरते-गिरते बची। अनिकेत ने आगे बढ़कर सँभाला।

''अरे-अरे क्या कर रही हो जाह्नवी! ज़रा आराम से।''

'अनि...!'

हाँ, क्या हो गया, तुम ठीक तो हो न... ''एक सम्मोहन भरी मुस्कराहट के साथ पूछा अनिकेत ने।''

''अनि जानते हो, किसका फोन था; आस्था पब्लिकेशन हाउस से। उन्होंने मेरा उपन्यास पढ़ा, वो इसे प्रकाशित करना चाहते हैं और ... लेकिन मेरा उपन्यास वहाँ पहुँचा कैसे और ये सब...।'' जाह्नवी ने देखा, अनिकेत अपने चेहरे पर एक स्थायी मुस्कान ओढ़े, एकटक जाह्नवी को ही निहारे जा रहे थे।

''और? बोलो न जाह्नवी और क्या कहा उन्होंने?''

''ओह...तो ये सब तुम्हें पता था, ये सब तुमने किया... मैं क्या कहूँ, लिखती तो बहुत हूँ अनि, लेकिन आज कहने लायक शब्द भी नहीं मिल रहे।''

''कुछ कहने की ज़रूरत ही कहाँ है जाह्नवी; ये तो मेरा पश्चाताप है जो मुझे करना ही था, आज पूरा हुआ; ये तो बहुत पहले ही तो जाना चाहिए था... मुझे माफ़ किया न तुमने...?''

कुछ बोल नहीं पाये दोनों। ख़ुशी के आँसू इस क़दर बहे, कि लॉन में फैली रोशनी, धुँधली, लेकिन फिर भी ज्यादा तेज़ लग रही थी। ये विरोधाभास, शायद ख़ुशियों के चरम पर पहुँचकर ही पाया जा सकता है।

अनिकेत की बाँहों में समाने के बाद जाह्नवी की नज़र समीर और यशी पर गयी। दोनों अपनी आगामी ज़िन्दगी की बातें कर रहे होंगे शायद। अनुराग और शुचि शायद ये सोच रहे होंगे कि क्या ऐसा भी मुमकिन हो सकता था, जो आज हुआ। भगत के माता-पिता, शुचि को बेटी के रूप में पाकर नयी ज़िन्दगी पा गये। यशी के सास-ससुर, यशी के जाने का ग़म

महसूस कर रहे होंगे, जाह्नवी के माँ-पापा पहले इस तरह साथ कभी नहीं दिखे।

ये सब कैसे-कैसे दृश्य थे। सभी के मन में अलग-अलग भावनायें पनप रही थीं, जबकि थे सभी एक ही जगह पर, एक ही माहौल में। इसी का नाम ज़िन्दगी है। ख़्वाब पूरे होते हैं... देखने चाहिए, उन्हें सींचना चाहिए।''

बहुत कुछ लिखने वाली जाह्नवी के होंठ आज ख़ामोश हो गये थे। उसकी नज़र अनिकेत के शर्ट की जेब में लगे पेन पर गयी; निकाल लिया उसने वो पेन। अनिकेत दौड़कर खाने की टेबल पर रखे पेपर-नेपकिन उठा लाये।

''लीजिए मेमसाहब! क्या लिखना चाहती हैं आप; कोई और नया उपन्यास ...''

जाह्नवी ने उस पर लिख दिया- 'ख़्वाब कभी नहीं मरते।'